ADULTOS SEM FILTRO

Thalita Rebouças

# ADULTOS SEM FILTRO

## e outras crônicas

Rocco

Direitos desta edição reservados à
EDITORA ROCCO LTDA.
Av. Presidente Wilson, 231 – 8º andar
20030-021 – Rio de Janeiro – RJ
Tel.: (21) 3525-2000 – Fax: (21) 3525-2001
rocco@rocco.com.br
www.rocco.com.br

*Printed in Brazil*/Impresso no Brasil

preparação de originais
ROSANA CAIADO

CIP-Brasil. Catalogação na fonte.
Sindicato Nacional dos Editores de Livros, RJ.

R242a Rebouças, Thalita, 1974-
Adultos sem filtro: e outras crônicas/ Thalita Rebouças. – Rio de Janeiro: Rocco, 2012.
14 x 21 cm

ISBN 978-85-325-2804-9

1. Crônica brasileira. 2. Ficção brasileira. I. Título.

12-7575 CDD–869.98
CDU–821.134.3(81)-8

# Sumário

# Palavra da autora

Quando entrei na fase mais chata da adolescência, me afastei dos lindos livros coloridos que me encantavam na infância. Para a minha sorte, essa fase de implicância durou pouco, já que logo fui resgatada para o hábito da leitura por três cronistas geniais: Fernando Sabino, Luis Fernando Verissimo e João Ubaldo Ribeiro. Desde então sou apaixonada por crônicas, histórias curtas que quase sempre têm o objetivo puro e simples de divertir.

Muitos anos mais tarde, quando já tinha lançado o primeiro livro, comecei a escrever algumas crônicas e descobri aos poucos o prazer de narrar fatos do cotidiano.

As crônicas entraram de vez na minha vida com o lançamento de *Fala sério, mãe!*, que escrevi com o objetivo de atrair para a leitura os adolescentes que insistiam em dizer pérolas como "Ler é chato", "Livros são grandes e cansativos" ou ainda "Livros? Argh!". Apostei nas histórias curtas para convencê-los de que ler é bacana, e o resultado foi muito melhor do que o esperado. Os seis livros da série "Fala Sério", todos de crônicas, agradaram em cheio os adolescentes apressados e impacientes do século XXI.

Em junho de 2011, fui convidada a assumir um blog no site da *Veja Rio*. "Sobre qual tema?", perguntei, já preocupada com uma provável luta semanal contra a temida falta de inspiração. "Tema livre" foi a resposta. Topei na hora, feliz da vida.

O blog completou um ano em junho de 2012 e este livro reúne as crônicas publicadas nele, além de algumas que pincei de outros blogs que tive anteriormente.

Estas crônicas não foram escritas pensando nos adolescentes, meu público habitual. Foram escritas para fazer rir gente de qualquer idade.

Eu me diverti muito lembrando casos e contando histórias que vivi ou observei ao longo dos anos. Espero que você se divirta também.

– THALITA REBOUÇAS

# Linda e magra

# Maldita lei da gravidade*

A minha bunda caiu. Do nada. De repente. Assim, sem avisar, sem nem uma preparação, uns tapinhas no ombro ou um chororô. Fui dormir com ela redondinha e alegre. Acordei com ela triste e alasanhada – quadrada e compacta. Em frente ao espelho, que até então era um amigo, assisti calada e estupefata ao bizarro espetáculo das duas bandas despencando rumo ao chão.

A minha bunda caiu, e não, não é exagero. Não me venha com conselhos, ou palavras doces, não me venha com aquele papo ridículo de "Quem liga para bunda?". Eu ligo. O meu marido liga. Mulheres ligam – principalmente para a bunda alheia. O Brasil inteiro liga para bunda. Bunda é tudo nesse país de bundas. É só pensar na abundância de bundas famosas: Nicole Bunda Bahls, Valesca Popozuda, as bundas com nome de fruta, Gretchen... Gretchen? Será que ela ainda é sinônimo de bunda? Hum... Vamos ao próximo parágrafo.

* Esta crônica foi escrita em meados de 2005 para o blog que mantinha na época e ela fez tanto sucesso que dei uma adaptada e incluí em *Fala sério, professor!*. Botei a Malu, protagonista da série, malhando e dialogando com seu *personal trainer* sobre sua pobre bunda murcha. Para o blog de *Veja Rio*, reescrevi mais uma vez, e este é o resultado final. A quem interessar, a minha bunda continua resistindo à lei da gravidade e se esforçando bravamente para ir para o alto e avante.

A minha bunda caiu. E, admito, não foi à toa. Eu não fui nada bacana com ela nos últimos anos. Comi de tudo, enchi a cara de refrigerante, açúcar, massa, pão, chocolate... tudo que engorda. Não fiz nada para gastar as calorias. A equação sedentarismo mais comida só pode dar em bunda caída. Não tem jeito.

A minha bunda caiu. E isso dói. Dói fundo, dói de verdade. Dói mais ainda olhar no espelho e ver que a tal da lei da gravidade veio para ficar. E eu sou tão nova! Tudo bem, nem tão nova, mas, poxa, a bunda podia ter um prazo de validade maior. Podia começar a cair lá pelos 46 anos. Que mundo injusto e cruel.

A minha bunda caiu, como previram minhas amigas mais velhas. Uma delas costuma dizer: "Depois dos trinta, é ladeira abaixo." Outros amigos, mais otimistas, confortam-me alardeando os benefícios da malhação, da cirurgia plástica e da força de vontade.

A minha bunda caiu. Mas lipo, nem pensar. Faz sete meses que comecei a malhar com uma *personal* incrível e minha bunda está dando sinais de vida. Ela não morreu. Viva a minha bunda! E viva a minha *personal*, que consegue o milagre de me tirar da cama para fazer exercícios – até então o único era levantamento de talheres e copos.

A minha bunda caiu, mas o meu humor não. E muito menos a minha esperança. Se o Projeto Bunda Dura não der certo, tudo bem. Em mim, a alegria abunda.

*(18 de julho de 2011)*

# Celulite? Oba!

Quando Fedegunda apareceu na minha vida, eu devia ter uns 18, 19 anos. Ela era pequena, bem pequena, ninguém a notava. Eu não a notava. O tempo passou e Fedegunda começou a mostrar a que veio, e ela tinha vindo para ficar. Cresceu, ganhou corpo e fincou bandeira no terreno localizado na parte inferior da minha nádega direita. O que era um insignificante vale virou cratera de vulcão em questão de anos. Anos de sedentarismo, doces, frituras, pizzas, refrigerantes, chopinhos, pães, empadas (ai, ai, empadas...) e tudo o mais de gostoso que a vida tem a oferecer.

Resultado: cada vez mais presente na minha vida e na minha nádega, Fedegunda virou minha celulite de estimação. É, eu me apeguei à Fedegunda. Passei a gostar de verdade dela. Fedegunda faz parte da minha história, Fedegunda faz parte de mim. Então, em vez de chamá-la de celulite, a chamo de covinha. Sim, a minha bunda tem covinha. A minha bunda sorri.

Fedegunda virou um problema quando resolveu procriar. E celulites se proliferam como coelhos. Em pouco tempo vi a parte inferior do meu corpo ser invadida por buraquinhos indesejados, pelos quais eu não tinha o menor apreço.

Poxa, eu não tinha por eles o carinho que nutria por Fedegunda. Afinal, eles não fizeram faculdade comigo, não foram à praia comigo tantas vezes, nem estavam comigo quando escrevi meu primeiro livro. Eram buraquinhos que não significavam nada, buraquinhos intrometidos que não deviam estar ali.

Faz dez anos que descobri a ioga. As aulas mudaram meu corpo. Eu era esmirrada, vivia com torcicolo e dor nas costas. De repente, adeus, sarjeta, a ioga me salvou! Hoje sou capaz de fazer posturas acrobáticas e flexões de braço como macho, sem apoiar os joelhos no chão. E isso sem puxar um ferrinho. Mas os buraquinhos continuam lá.

Há pouco mais de um ano comecei a malhar e me apaixonei pela cama elástica, pela corrida e pelo *spinning*. Nem xingo tanto minha *personal* na hora de levantar peso. Além disso, virei adepta da tão endeusada drenagem linfática, que promete diminuir as celulites.

Mas as minhas são resistentes. Elas gostam mesmo de mim. E permanecem lá, firmes e fortes, fazendo a festa na minha bunda e nas minhas coxas. Minha alma de Pollyanna acha que elas diminuíram, e, quer saber?, isso me basta. Não ando olhando para a bunda. Só uso a bunda para sentar, caramba!

É bom ter uma bunda lisinha? É, claro que é. Deve ser ótimo para a Sabrina Sato ter a bunda que tem. Assim como deve ser ótimo ter o cabelo e a cintura dos seus sonhos. Mas a vida não é assim. Algumas pessoas têm a cara linda e o corpo feio, outras têm o corpo feio e a cara linda, outras têm tudo lindo e o caráter duvidoso, outras são realmente lindas por dentro e por fora. O importante é ser feliz com o que temos.

E eu sou feliz com Fedegunda. Muito feliz. Agora, prestes a ser rainha de dois blocos de Carnaval (o Empolga às 9 e o Exalta Rei), sei que ela estará comigo, cheia de gás, só no sambão. Companheira e tanto. A covinha me acompanha há tantos carnavais que posso garantir: essa coroa é dela também! Vai ser difícil saber quem sorrirá mais durante os desfiles: ela ou eu.

Esse meu desabafo *celulital* tem um objetivo: fazer com que a mulherada desencane. Mulheres do Brasil, celebrem suas celulites! Afinal, como diz meu amigo Leo Jaime, celulite quer dizer "sou gostosa" em braile.

*(28 de janeiro de 2012)*

## Quero fazer plástica

Era mais uma tarde na livraria, abordando pessoas para tentar vender meus livros, quando uma menina de 14 anos (de salto altíssimo, várias camadas de rímel e minissaia jeans) se aproximou:

– Você escreveu tantos livros e é tão novinha... Desculpa perguntar, mas quantos anos você tem?

– Trinta e dois – respondi, desconfiada. Isso lá é pergunta que se faça?

– Trinta e dois!? Sério? Caraca! – assustou-se sinceramente. Chegando mais perto, sussurrou ao meu ouvido: – Sem plástica ou com plástica?

A pergunta me chocou. Primeiro, porque me senti uma anciã. Segundo, por uma menina de 14 anos (14 anos!) achar que uma aparência jovem só pode ser obtida com plástica, mesmo que a dona dessa aparência tenha apenas 32 anos.

Tentei esconder o espanto e fazer uma cara normal.

– Sem plástica! Por quê? Você acha que estou precisando?

– Não! De jeito nenhum! É que é impressionante você ser desse jeito sem plástica. Não rolou nem um botox?

– Não, claro que não!

– Tô chokitaaaa! – exclamou, boca aberta, mãos no rosto. – Já falei pra minha mãe que quero fazer plástica. Quando eu fizer 18, vou melhorar o nariz e botar peito. O meu é muito pequeno, os garotos não gostam.

– Arrã... – reagi, sem conseguir dizer mais nada.

– Também penso em fazer uma lipinha. Minha mãe já fez e ficou ótimo.

Lipinha. A menina de 14 anos (14 anos!!!) chamava lipoaspiração, aquela cirurgia invasiva que tira gordura do corpo com uma cânula, de lipinha! Uma coisa quase fofinha!

"Meu Deus!", berrei em pensamento.

Apesar da vaidade exacerbada e da confiança cega nos benefícios da plástica e do botox, ela era apenas uma menina. Menina que não via a hora de ser mulher. Fiquei incomodada.

Naquela época já diziam que a infância estava encurtada. E o encurtamento continua, inclemente. Já com 36 anos, por acaso, presenciei uma festa de aniversário num salão de beleza. Pois é, pirralhas hoje comemoram entre esmaltes e secadores, sendo que a pirralha em questão tinha apenas 8 anos!

Uma das convidadas reclamou com o maquiador: "Não dá pra passar corretivo? Odeio olheira!"

Bateu uma tristeza, uma melancolia dolorida... Esse mundo louco e apressado em que vivemos não dá chance para que essas meninas entendam: ser criança é que é tudo de bom.

*(30 de junho de 2011)*

# Gente que fala

Faz uns oito meses que entrei numa de virar malhadora, de trabalhar coxa, braços, abdômen, de comer menos besteira, beber menos refrigerante e de correr.

Odeio tudo, menos correr. Esse negócio de corrida é realmente um vício. Gosto de correr na orla (às vezes na areia), mas quando o tempo está ruim vou para a esteira da academia do prédio mesmo. Além de queimar calorias, correr relaxa, aplaca a ansiedade e me deixa feliz. Adoro aquele momento de silêncio total. Mas um funcionário novo do meu prédio não acha isso, não.

– Correr cansa, né?

– Arrã.

– E faz suar.

– Ô…

– Mas a senhora sua demais, né, dona? Parece até que tem uma torneirinha dentro da senhora. Até embaixo do sovaco a senhora sua. E suar no sovaco é coisa de homem. Com todo o respeito.

Irritada, não consegui dizer mais nada, a não ser:

– Suar é bom.

– Não entendo corrida. Acho um esporte meio besta, sabe? Que graça tem correr? Ainda mais numa esteira, olhando para o nada... Mas tem maluco para tudo. Não que a senhora seja maluca, a senhora está é cuidando da forma, né?

Fiquei muda, apenas dei um olhar gelado para o cara.

– A senhora quer que ligue o ventilador?

– Não, obrigada – agradeci, tentando me compenetrar no exercício.

– A senhora sabe que esse ventilador é uma porcaria, né?

– Não, não sabia.

– Já quebrou, já consertaram, quebrou de novo... Mas ele é coisa de americano, aí já viu, né?

– Já vi o quê?

– Ué, ventilador e televisão têm que ser do Japão. É no Japão que eles sabem fazer coisa eletrônica que funciona, não acha?

Ele não podia monologar em vez de dialogar? Precisava pedir opinião? É tão difícil correr e falar ao mesmo tempo!

Apenas balancei a cabeça, ofegante. Concordaria com toda e qualquer coisa que ele dissesse.

– Estou namorando uma moça que é quase do seu tamanho, naniquinha, naniquinha.

Delícia ouvir que sou naniquinha de um quase estranho às 10 da manhã de uma segunda-feira. Amarrei a cara, num claro sinal de que queria cortar aquele conversê.

Ele não captou.

– Ela é manicure. Atende em casa, viu?

– Arrã…

– É Nyramar o nome dela. Com ípsilon. Era com i, mas ela acha mais chique o ípsilon. Vai entender mulher, né?

– Arrã... – tentei mais uma vez abreviar o diálogo.

– Tenho o telefone dela aqui, a senhora quer?

– Não, obrigada.

– A senhora sabia que tem gente que o pé baba?

Não! Eu não sabia e não precisava saber!

– Ela contou que tem pé de madame com tanta inhaca e tanto sebo que a sujeira escorre e gruda nas mãos das manicures. É baba de inhaca.

– Olha só… – reagi, nojinho puro, com o café da manhã embrulhando meu estômago.

– A Nyramar é prendada, graciosa, limpinha, não é bonita, mas também não é feia… Tem cara de azeitona, sabe?

– Não – disse, quase curiosa.

Como seria uma cara de azeitona? Achei melhor não perguntar. Ele poderia evoluir horas sobre o assunto.

– O problema da Nyramar é que ela é bigoduda. Queria tanto que ela tirasse o bigode, mas como é que a gente diz isso para uma pessoa?

– A gente não diz isso para uma pessoa! – opinei, indignada com a pergunta e com o bigode da nanica da Nyramar.

– Bom, ela pode ser bigoduda, mas cuida das minhas unhas. Corta, lixa, tira cutícula… Uma beleza! E ainda prometeu acabar com a minha unha encravada. A senhora quer ver a unha? – perguntou, já tirando a sandália.

Parei a esteira.

– Olha só, esse é o momento do dia em que gosto de ficar quietinha, concentrada no exercício. Não me leva a mal, tá?

Ele levou. Armou a tromba e disparou:

– Cruz-credo! Olha, dona, eu só vim puxar assunto com a senhora porque o pessoal do prédio diz que a senhora é simpática. Mas parece que não gostou de mim, né? Tudo bem, tem problema não. Vou voltar para o meu trabalho.

Fiquei incomodada. Sou uma pessoa fofa, poxa! Mas não consigo correr e falar ao mesmo tempo. Todo mundo tem direito a um pouco de silêncio. Até eu, que falo pelos cotovelos.

Respirei fundo e recomecei a corrida. Olhei para a esteira ao lado e o menino que corria nela sorriu para mim, apontando os fones de ouvido de seu iPod.

– Isso é acessório essencial por aqui.

Não tive como discordar. E nunca mais corri sem música.

*(1º de agosto de 2011)*

## Bonitona, não!

Levei uma bela bronca da mãe de uma amiga quando lhe fiz um elogio. Quando ela, linda e reluzente do alto dos seus cinquenta e poucos anos, chegou a uma festa, não consegui dizer outra coisa, a não ser:

– Nossa! Está bonitona, hein, tia?

É, não consigo perder o hábito de chamar de tia as mães das minhas amigas, aquelas que conheço desde pirralha. Mas não foi isso que a incomodou.

– Ah, não, Thalita! Não me venha com esse negócio de bonitona!

– Por quê? Já sei, está mais que bonitona! Está lindona!

– PelamordeDeus, Thalita, para com isso! Nem bonitona, nem lindona! Muito menos gostosona, faça-me o favor!

Percebendo a minha cara de interrogação, ela esclareceu:

– Querida, depois que fiz 50, percebi que quando a gente fica velha ninguém mais elogia a gente direito. Bonita, linda, gostosa... Esquece! Agora só ganho adjetivos terminados em ona. E isso me lembra vovozona, velhona, matrona... Sei lá. Acho que estou simplesmente bonita, você não acha?

Poin! Poin! Poin! Vinte martelos de brinquedo bateram ao mesmo tempo no meu cérebro. Ela estava coberta de razão! Aos 37 anos eu mesma já percebo que o passar do tempo traz com ele elogios, digamos, diferentes.

Uns meses atrás, no Twitter, um garoto escreveu:

"Essa @thalitareboucas é a maior coroa enxuta. Pegava fácil."

Coroa! COROA! C-O-R-O-A!!! Para o mundo que eu quero descer!

Sou do tempo em que coroas eram as amigas das nossas mães quando a gente tinha 13, 14 anos. OK, fui ver o perfil do menino e ele devia ter pouco mais que isso. Mas coroa... Eu não estava preparada.

Além do bonitona, que já vetei do meu vocabulário, e do coroa enxuta (se, sozinhas, as duas palavras são abomináveis, juntas equivalem praticamente a um crime hediondo!), a idade traz outros elogios pouco elogiosos.

– Nossa, mas a Fulana está muito bem, né?

– Bem estou eu! A Fulana está ótima!

O que está implícito é o terrível fim da frase: "para a sua idade."

Por que a Fulana não pode estar simplesmente bonita, como bem frisou a mãe da minha amiga? Eu tenho ouvido muito "Você está ótima" para lá, "Está com tudo em cima" para cá...

Povo! Homens, principalmente! Vamos parar com esse negócio de falar que a mulherada está bem! A Deborah Bloch, a Luiza Brunet, a Xuxa e tantas outras mulheres são lindas. Deslumbrantes. Assim como a Glória Maria, a Natália do Valle e a Christiane Torloni! E tantas outras anônimas que existem por aí, com corpo incrível (não "com tudo em cima"), pele viçosa e alegria de viver (nada de "impressionante como ela ainda é animada"), entre outros predicados.

Os 50 são os novos 40. Os 40, os novos 30. E os 30, os novos 20. Combinado? Sendo assim, tenho 27, com corpitcho de 26, OK?

E, garoto do Twitter, antes que eu me esqueça, coroa enxuta é a sua avó! Ou melhor, bisavó!

Se ela não se ofender, é claro.

*(5 de abril de 2012)*

# Celebridades e subcelebridades

# O ex da Nenê

Aeroportos sempre me divertem. Com a desculpa de ser escritora, me sinto no direito de ouvir a conversa alheia sem culpa – vai que alguma coisa me inspira? O diálogo a seguir se deu a um metro de distância de onde estava sentada, ou seja, não tinha como eu não ouvir.

Navegando no iPad, uma menina de uns 15 anos puxou conversa com a mãe, que lia um livro:

– Mãe! Mãe! Para de ler rapidinho e olha issooo! Você precisa ver issooo!

Opa! O aeroporto, monótono até então, dava sinais de que podia ficar animado. O que de tão excitante teria acontecido? Pelo tom da garota, algum fato relevante.

– A Mariana Fusco escureceu o cabelo.

– Quem?

– A Mariana Fusco!

– Quem é essa, filha?

Eu também queria saber.

– A ex-namorada do Felipe Dylon, ué.

– Ah, tá.

Ah, tá. E...

– E o que ela faz?

– É ex-namorada do Felipe Dylon. Tá surda? – perguntou, com aquela doçura que só uma adolescente sabe demonstrar.

– Eu entendi essa parte, só quero saber o que ela faz da vida. Canta, é atriz de novela, modelo... Por que ela está nesse site?

– Porque ela é celebridade.

– Por quê?

– Porque ela é ex-namorada do Felipe Dylooon! Caraca!

– E quem é Felipe Dylon?

Ah, essa eu saberia responder.

– Ai, mãe, um cara que agora tá namorando a Aparecida Petrowky!

OK, eu não responderia assim.

– Ele é ator?

– Cantor – devolveu, de bate-pronto. – Eu acho...

– Canta o quê?

– Música.

– Que tipo de música?

– Ai, mãe, sei lá, que pergunta difícil!

– E essa Aparecida?

– Foi irmã da Taís Araújo numa novela aí.

– Ah, tá.

Silêncio. A mãe parecia mastigar as utilíssimas informações. Em seguida, tentou retomar o diálogo, mudando um pouco o rumo da prosa:

– O Chico vai lançar disco novo. Se tiver show, mamãe te leva.

– Que Chico?

– Buarque! Eu não acredito que você não conhec...

– Chico Buarque, claro, eu sei quem é, mãe! – exclamou a menina, indignada.

– Ainda bem que você sabe! Ele fez várias obras-primas, ele é...

– Ele é ex da Nenê da *Grande Família*! Sei to-tal-men-te quem é!

Novo silêncio. Agora mais demorado. Sofrido, eu ousaria dizer.

– É... É esse mesmo, filha... – respondeu o desânimo em forma de mãe.

– Ih! Olha só essas fotos! A festa junina na casa da Marta Love bombou!

– Quem é Marta Love?

– Ex do Vágner Love. Caraca, mãe, você também não sabe nada, hein?

– Se ela é ex do Vágner Love, tinha que se chamar Marta Ex-Love.

– Dâââ-âââ!!!

Pura meiguice.

– Ih, mãe, olha só! Tem uma ex de um ex-BBB pegando um ex-ator de *Malhação*! Preciso ler essa matéria a-go-ra!

Tive que ir para a fila do embarque, era chegada a hora de voar.

Para bem longe dali.

*(6 de julho de 2011)*

## O celular da Fernandona – ou o da Fernandinha

Sentada na praça de alimentação de um shopping, prestes a mergulhar uma batata frita no meu sundae de chocolate (sim, eu mergulho batatas fritas em sundaes), fui abordada por uma mulher de seus 40 e poucos anos.

– Posso sentar aqui?

– P-pode, claro... – respondi, olhando em volta e constatando que tinha um mar de mesas desocupadas por perto.

Mergulhei a batata na calda de chocolate e no exato momento em que comecei a mastigá-la...

– Você é aquela escritora, né?

Engoli às pressas.

– Sou...

– Que coincidência te encontrar! Estava mesmo para te escrever, sabia? Tenho uma sugestão incrível para você.

Até aí, tudo bem. Muita gente tem sugestões incríveis para escritores.

– Por que você não escreve para meninos?

– Eu escrevo para meninos e meninas que gostam de rir. E escrevi o *Ela Disse, Ele Disse*, com um menino protagonista, pensando neles.

– Mas é negócio de cotidiano, né?

– Arrã...

– Pois é. Esquece cotidiano.

– Mas os meus livros são todos sobre o cotidiano dos adolescentes, eu adoro escrever sobre o cotid...

– Es-que-ce! – aumentou consideravelmente o tom de voz. – O que eu tenho para te dizer vai mudar a sua vida, e para melhor.

– Arrã...

– Você tem que escrever um livro de capa e espada.

Diante da minha cara de interrogação, ela continuou:

– Capa, espada e vampiro. Tem que ter vampiro. Eles hoje só querem saber de vampiro.

– Mas sou feliz escrevendo sobre o dia a dia dos adolescentes. E já existem muitos livros sobre vampiros.

– Ih, escritor não tem mesmo visão de marketing! Você ia lançar moda, boba! Ou você já viu algum livro de capa, espada e vampiro?

Agradeci e fiquei de pensar. Foi só morder mais uma batata que...

– Você pode me arrumar o celular da Fernandinha?

– Que Fernandinha?

– Torres, ué! É que eu preciso falar com a Fernandona, mas é melhor chegar nela pela filha. Mas tem que ser o celular, porque telefone de assessor é a mesma coisa que nada, eles nunca passam, acham sempre que é um maluco querendo incomodar.

Por que será, meu Deus?

– Não conheço a Fernanda Torres.

– Ah, Thalita... Como diria você mesma: fala sério, né? Ela é sua colega de site! Eu sempre leio vocês lá.

– É verdade, mas nunca fomos apresentadas.

– Poxa, quebra esse galho, vai! É um projeto bacana, tem a ver com Nietzsche, com Glauber, com contracultura! A Fernandona vai pirar!

Ô...

– Não sei como te ajudar. Realmente não tenho o telefone dela.

"E se tivesse, não daria", completei em pensamento.

– Caramba, também não precisa amarrar a cara.

– Estou só mastigando.

Pensa que ela foi embora? Nananina! Pegou o celular e ligou para a filha.

– Adivinha com quem estou lanchando? Tha-li-ta Rebou-çaaas!

Lanchando comigo? Ela nem estava comendo!

– Você fala com a minha filha, Thalita? Ela te ama!

Falei com a menina, que foi uma fofa, devolvi o celular e levantei, decidida a deixar o sundae pela metade. Ela levantou junto.

– Thalita, na boa, me arruma o celular da Fernandinha! Ou o e-mail pessoal, pode ser o e-mail pessoal! Pela minha filha, vai!

– Eu realmente não tenho!

– Então me dá o celular do Maneco.

– Maneco? O Manoel Carlos?

– É, Maneco é para os íntimos.

– Pois é, como não sou íntima, para mim ele é o Manoel Carlos. E também não o conheço pessoalmente.

– Então pode ser o celular da filha dele, acho melhor chegar nele pela filha.

O telefone dela tocou. Dei tchau e saí sem olhar para trás, pensando no sundae e nas batatas que tive de abandonar.

*(3 de setembro de 2011)*

# Você por aqui!

O meu grande amigo Roberto Bomtempo, diretor e ator dos melhores, com vários filmes, peças e novelas no currículo, conta que, quando está no ar, é reconhecido nas ruas como "aquele ator da televisão". Quando não está, passa por algumas situações inusitadas, como na vez em que foi ao mercado e a menina do caixa olhou feio para ele.

– Você, hein? Brincadeira!

Bomta, como eu o chamo, achou que a menina ainda estava brava com o vilão que ele tinha interpretado havia alguns meses.

– Depois de prometer um mundo para a minha prima, você dá um pé na bunda dela sem mais nem menos, hein? Francamente! Não aguento nem olhar para a sua cara, seu Jeremias!

Bomta prendeu o riso, ouviu o resto da bronca, e depois disse que não era o tal Jeremias sem coração. Era um ator.

– Você tem certeza? – insistiu a caixa, franzindo as sobrancelhas.

Achei que esse tipo de situação acontecesse somente com ator de televisão. Mas recentemente descobri que estava errada.

Na segunda-feira de manhã, eu caminhava apressada por um shopping, cabelo enrolado num coque malfeito, cara de sono, quando fui abordada por uma mulher sorridente, de seus 50 e poucos anos, toda trabalhada na empolgação:

– Não acredito!

Sem saber o que dizer, apenas sorri.

– A minha filha te a-do-ra!

Sorri com mais dentes. Elogios, ainda mais pela manhã, são sempre bem-vindos.

– Que bom! – respondi, agradecida.

– Vem cá, deixa eu te dar um abraço!

E me abraçou forte. Adoro mães que abraçam forte. Aquela ali gostava mesmo de mim.

– A Isabela nunca mais foi a mesma depois que largou você...

– É normal me largar depois de uma certa idade. Existem tantas boas opções por aí.

– Mas ela nunca mais foi feliz como era com você.

– Ah, que bacana. Quantos anos ela tem?

– Onze.

– Onze?! E já me largou?

– Pois é, uma tristeza. Nossa, ela não vai acreditar que te encontrei.

Fiquei com pena. Muitas vezes já presenciei o sofrimento das mães quando percebem que as filhas estão crescendo, trocando de interesses.

– Você tinha mesmo que mudar seu consultório para a Tijuca?

– Oi?

– Não dá para levar a menina para a Tijuca toda semana. Eu tenho que trabalhar, né?

Alguma coisa estava muito errada naquela conversa.

– Que consultório?

Ela me olhou como se eu fosse uma extraterrestre.

– O seu, ué. A secretária ligou dizendo que agora, para apertar o aparelho, só na Tijuca.

– Você está me confundindo com a dentista da sua filha?

– Você não é a Marta?

– Não!

– Meu Deus, mas é a cara dela! Vem cá... você achou que eu te conhecia de onde?

Que vergonha!

– É que... eu... eu sou escritora... escrevo para adolescentes e...

– Escritora? E alguém reconhece algum escritor? Eu, hein! – disse, antes de me virar as costas e sair dali marchando, indignada. – Só tem maluco nesse mundo... – completou, num tom de voz um pouco mais alto.

– Concordo totalmente! – ainda tive tempo de gritar.

*(11 de julho de 2011)*

# Fotógrafo de celebridades

A festa da Bienal do Livro de 2011 foi ótima. Comida de primeira, pessoas interessantes e um cenário encantador. Encontrei amigos, tietei o Ziraldo, fiquei com vergonha de tietar o Verissimo e conversei um tempão com a Maria Paula, que vai lançar seu primeiro livro na feira literária. Ela é um doce. Mas o melhor momento da noite foi o que narro a seguir.

Amigo fotógrafo, que há anos trabalha fazendo fotos para revistas e sites de celebridades, se aproxima de mim e pede, desespero no rosto:

– Tha, me ajuda, por favor! Fica perto de mim e me diz quem é quem?

Eu ri.

– Sério! Eu não conheço absolutamente ninguém aqui!

– Imagina! Tem vários escritores conhecidos na festa, tenho certeza de que você conhece a cara deles.

– Não, amiga, não conheço. Você esqueceu que eu só trabalho com celebridades e subcelebridades?

– E daí?

– E daí que só conheço quem não vale a pena, ué.

Deu peninha. Mas adorei a frase.

*(5 de setembro de 2011)*

## Aconteceu comigo

Numa tarde daquelas mornas, sem sal nem açúcar, chegou um tweet cheio de alegria e sorrisos, vindo da Isabelle Drummond, linda e talentosa atriz/boneca, que tive o prazer de entrevistar nos tempos de *Vídeo Show*. Apesar da admiração que tenho por ela e do nosso contato projaquiano, nunca trocamos telefone. Mesmo assim, sua mensagem dizia: "Ei, linda! Me liga! Tô tentando seu rádio e não consigo! Bj!"

E assim eu, que não tenho rádio, descobri que estava sendo vítima de uma twitada fake. A Isabelle Drummond em questão era Falsinha da Silva. O mesmo aconteceu quando Mayana Neiva, atriz que só conheço da televisão, se meteu numa conversa entre mim, Ana Lima, Suzana Pires e Leo Jaime. Tentávamos, como bons cariocas, marcar o chope que nunca sai quando ela se meteu na conversa para teclar: "Tô dentro! Saudade de vocês!" Fake, fake, fake.

Nunca entendi esses perfis falsos. Entendo os falsos que se dizem falsos. "Sou um admirador do Fulano e por isso criei um perfil fake." OK. Ou melhor, mais ou menos OK. Mas, quando uma pessoa se apodera da identidade de outra e conversa com seus amigos virtuais como se fosse a própria, aí o buraco é bem mais embaixo, como diria minha avó.

Sempre indignada com a cara de pau dos fakes e a facilidade (e o prazer) que eles têm de enganar, segui meu caminho nas redes sociais, divulgando eventos, compartilhando fotos, vídeos, desabafando e dividindo, como pede a cartilha. O problema é que aconteceu comigo: uma pessoa que garantia ser eu criou uma página no Facebook onde conversava com fãs usando internetês (coisa que abomino) e (meu Deus!) combinava piqueniques (piqueniques!) com meus leitores, que, vale lembrar, em sua maioria têm entre 9 e 16 anos. Pior! A Thalita falsa ainda acusava a verdadeira: "Ela é falsa, não acreditem nela! Se ela continuar, vou sair daqui. Não consigo lidar com tanta mentira."

Avisada por uma leitora atenta, achei o perfil, que já tinha mais de três mil amigos, e senti raiva e preocupação com os que acreditavam estar em contato comigo – e ainda medo do perigo que eles poderiam correr. Em meus pensamentos, o pior: podia ser um pedófilo, um desocupado, um bandido, ou só uma pessoa com um sonho muito grande de se tornar escritora. Pelo sim, pelo não, resolvi me mexer. Acionei o Facebook, pedi a ajuda dos meus leitores (e fiéis escudeiros) e a página foi, depois de alguns dias, retirada do ar.

Todo esse episódio me fez pensar. Como era mesmo a relação entre leitores e escritores antes da internet? Ah, as pessoas escreviam cartas, as bisavós dos e-mails. Aliás, acredite, e-mails também já são considerados antigos. Como diz a filha de um amigo meu: "Você ainda manda e-mail? Coisa de velho."

E tem mais: quem mandava uma carta para um autor, ator, apresentador, cantor ou jogador de futebol não tinha sequer como confirmar se tinha chegado ou se o destinatário tinha lido, só restava torcer para que ele um dia respondesse. Hoje, todo mundo que me manda e-mails ou mensagens por redes sociais espera uma resposta – e ela tem que ser rápida, se não imediata. Recebo mais de 100 e-mails por dia e leio todos, mas, se eu respondesse a cada um com a atenção que todo leitor merece, não teria tempo para mais nada, muito menos para escrever livros. A maioria dos leitores entende isso, mas alguns ficam chateados e até agressivos. "Por que você não me responde? Você é simpática só nas entrevistas, na vida real é uma vaca!" Daí pra baixo.

Resumindo, ser conectado hoje em dia é bom, mas é ruim. Ou é ruim, mas é bom.

Pode escolher.

*(18 de julho de 2012)*

# Hipocondríaca? Eu?!

# Beleza interior

Vez ou outra um repórter pergunta se me sinto uma celebridade. Digo sempre que não. Celebridade, para mim, é a Mulher Melão, a Nana Gouvêa ou a Panicat da vez, que são reconhecidas e "perseguidas" por paparazzi.

Escritores não têm o rosto conhecido, não geram fofoca, não rendem boas fotos e tampouco causam interesse nos leitores de sites em que uma troca de prótese de silicone, uma ida à padaria ou um alongamento de cabelo viram manchete sem a menor cerimônia.

Outra diferença importante entre escritores e celebridades (e, claro, as subcelebridades, categoria que eu a-do-ro!, pronto, contei): as celebridades ganham convites para as melhores festas e pré-estreias, ganham roupas, ganham chinelos, ganham viagens, ganham, simplesmente. As portas se escancaram para elas. Para meros escritores, como eu, as portas se fecham e cabe a nós bater e esperar para ser atendidos, como todos os outros não célebres. Mas, às vezes, milagres acontecem. A porta mais especial, a que eu mais queria, a que eu mais almejava, um belo dia se abriu para mim.

– Ela é a Thalita Rebouças? – perguntou a moça que realizaria meu sonho.

– É! – confirmou minha amiga, que já tinha passado para o outro lado da porta.

– A minha filha adora ela! – disse a tal moça.

– Então, abre, vai! É o sonho da vida dela – pediu minha amiga.

– Sério?

E o sonho aconteceu. Nunca fiquei tão feliz por ser reconhecida, por ter nome e sobrenome. Ela não chamou a Mulher Maçã. Ela não chamou a Babi Rossi, muito menos a Brunete Fraccaroli (droga, sei quem são todas essas! Tenho que trabalhar mais e ler menos revistas de fofoca).

– Dona Thalita Rebouças. Dona Thalita Rebouças!

– Sou eu! – dei um leve escândalo, tamanha a felicidade que tomou conta do meu peito. – Jura que vou poder entrar?

– Pode, mas não conta para ninguém que a gente deixou, está bem? – sussurrou a moça, puxando meu braço para me levar logo para dentro.

Quem me conhece sabe que sou (levemente, levemente mesmo) hipocondríaca e que amo fazer exames. Já pedi a vários médicos:

– Por favor, doutor, deixa eu fazer uma endoscopiazinha!

A resposta sempre foi negativa. Aparentemente está tudo divino e maravilhoso com a porcaria do meu sistema digestivo. Já que não faria uma endoscopia tão cedo, fiquei à espera dos amigos. Uma hora algum deles teria que fazer e eu poderia, enfim, ver como é um estômago, apreciar um esôfago, conhecer a fundo um intestino… Esse dia tinha chegado.

– Dona Jordana Garcia – chamou a mulher do laboratório.

– Aqui – reagi empolgada, braço levantado, como se estivessem anunciando a minha vitória na Mega-Sena. – Vamos, Jordana! Deixa de lerdeza! Chegou a nossa vez.

– A minha vez, você quer dizer… – rosnou. – A minha vez de ter um tubo gigante enfiado goela adentro para ver como está meu estômago.

– Jordana quem é? – perguntou a enfermeira.

– Somos nós! – disse, sem deixar Jordana responder. – É ela! – corrigi a tempo.

– A senhora é acompanhante?

– Sou, sim.

– Então a senhora fica segurando a bolsa da dona Jordana e aguarda na sala de espera, está bem?

– Não, não está bem… Eu não posso entrar?

– É proibida a entrada de acompanhantes.

– Mas… mas… ma…

Jordana ficou triste. Sabia o quanto eu tinha esperado por aquele momento. Enquanto a porta da felicidade se abria para ela e se fechava para mim, virei as costas e, cabisbaixa, ombros caídos, caminhei lentamente para a cadeira dura e fria que me esperava.

Enquanto isso, na Sala de Justiça, digo, na sala da endoscopia...

– Doutora, não faz isso... Ela madrugou, veio da Barra, pegou o maior trânsito só para me ver fazer o exame... É o sonho dela – Jordana chorou para a médica.

– Sonho?

– É, doutora, ela é maluca, mas é gente boa.

– Realmente não podemos liberar a entrada de acompanhantes.

– Mas ela veio aqui só para isso... Vai que um dia isso inspira alguma história! Ela é escritora, sabia?

– Sabia! É a Thalita Rebouças, não é? A minha filha adora ela! Já leu vários livros, as amiguinhas também.

– Então... Deixa ela entrar.

– Mas, se a Vigilância Sanitária bater aqui, a gente está frita...

– Imagina, não vai ter problema nenhum... Ela é limpinha, toma banho todos os dias, às vezes dois por dia! – brincou.

Silêncio se fez. Até que...

– Dona Thalita Rebouças!

Fui recebida com festa na sala de exames enquanto minha amiga começava a ficar dopada.

– Vocês dopam com Propofol ou Dormonid? – perguntei, mostrando o meu conhecer medicinal quando o assunto é endoscopia. – Sou muito fã mesmo desse exame.

– Propofol – respondeu a médica.

– É o remédio do Michael Jackson, né? Mas fica tranquila, Jordana, é uma dose mínima, não é, doutora?

– Isso mesmo, Thalita. Nossa, sabe tudo, hein?

– Sei, sei sim... – concordei, sem disfarçar o orgulho que senti de mim mesma.

Sorrindo com o rosto todo, empinei o peito como uma aluna CDF que acabara de tirar nota 10 e ganhar elogio da professora na frente de toda a turma. Jordana, por sua vez, grunhiu algo que não entendi.

– Ó, doutora, se a senhora quiser narrar o exame para mim, não vou fazer nenhuma objeção, tá? – sugeri, enquanto acompanhava pelo monitor as primeiras imagens do interior da minha amiga.

Jordana grunhiu de novo. E de novo não entendi o que ela grunhiu. OK, não estava lá muito interessada no grunhido da Jordana. Queria ver carne! Carne!

Dali em diante foi só alegria. Uma verdadeira aula de biologia.

– Este aqui é o esôfago da Jordana, olha só. Repara, está tudo bem com o esôfago da sua amiga.

– Maravilha, doutora! Que esôfago lindo! E o estômago? Cadê? Eu quero estôôômagooo!

– Está aqui, querida! Olha o estômago da Jordana. Está tudo bem com ele também. Abaixo vem o intestino.

– Olha só! Um intestino! Uau! Nunca tinha visto, só nos livros da escola! Jordana, é como eu suspeitava, você é linda por fora e por dentro também! Que máximo! – elogiei.

Ela, meio dopada, com um tubo enfiado na boca, tirou forças, sabe-se lá de onde, para levantar a mão e me mostrar o dedo do meio, que não estava tão imponente como deve estar numa hora dessas, mas entendi perfeitamente o recado e tentei parecer menos empolgada.

– Jordana! – brinquei. – Olha as médicas! Ai, ai, ai! Vão achar que você é uma moça sem educação! Abaixa esse dedo!

Todos riram. Estava realmente divertida aquela viagem insólita ao interior da minha amiga. Graças a Deus, não tinha nada de errado com ela. E a narração da médica foi nota mil, ela realmente tinha nascido para narrar endoscopias para leigos como eu. Saí de lá realizada.

Fui almoçar na casa da Jordana, que fez massa com molho de gorgonzola e almôndegas. Enquanto ela mastigava, eu tentava imaginar a comida fazendo todo aquele bonito caminho que eu acabara de conhecer. Em êxtase, não resisti e comentei com ela detalhes do exame que estavam gravados para sempre na minha memória. Mas tive que parar. Muito brava, a Jordana disse que, se eu continuasse focada na sua beleza interior, ia me expulsar de lá e me mandar para aquele lugar. De novo. Passamos então a outros assuntos. Bem, quase outros assuntos…

– Qual é o próximo exame que você tem que fazer, Jordana? Posso ir junto? Juro que fico quietinha.

– Não!

E foi um "não" tão enfático que fiquei quieta. Calei minha boca com uma deliciosa almôndega e não falei mais de saúde, exames, médicos e afins durante toda a tarde.

*(5 de junho de 2012)*

---

Jordana, depois de ler a crônica da qual é protagonista, fez o seguinte comentário e me encheu de alegria: "Lendo assim, nem parece uó que foi. Ter você ao meu lado ajudou também, sua maluquinha. Te amo. E fica tranquila, você tem passaporte-acompanhante-Vip comigo." Não é demais?

# Medicina muito (muito mesmo) alternativa

Sou realmente chegada a médicos e exames, mas não é só a medicina tradicional que me atrai – até primos distantes dela me seduzem. Sou, por exemplo, entusiasta de florais. Quando estou precisando dar uma acalmada, recorro às gotinhas e me sinto infinitamente melhor. As agulhas da acupuntura também me salvam quando meu organismo berra, assim como a homeopatia, especialidade à qual sou eternamente grata por ter me livrado do hábito (ou vício, como queira) de pingar remédio para desentupir nariz várias vezes por dia. Mas que fique claro: fã de carteirinha eu sou mesmo é da boa e velha medicina tradicional e dos médicos à moda antiga. No entanto, curiosa que sou, adoro experimentar os doutores dos amigos. Não resisto a uma boa indicação.

– Arrumei um pneumologista ótimo, Thalita! – comentou uma amiga numa tarde no shopping.

– Tem o telefone dele aí?

– Tenho, mas você está com algum problema no pulmão?

– Não, imagina! É que, se ele é ótimo, preciso conhecer, ué.

Ainda não fui ao tal pneumologista, mas resolvi marcar uma consulta com outra médica que me recomendaram. Queria dar uma melhorada na minha imunidade, que anda capenga nos últimos meses.

Mal entrei no consultório e ela perguntou o que me afligia. Contei. Falei da minha garganta bichada, do joelho bichado, da imunidade bichada e da vontade de dormir mais umas horinhas por dia.

– Você tem filhos?

– Não.

– Quer ter?

– Não.

Pausa. Olhar enigmático da médica para mim.

– Você não quer ter filhos?! – perguntou, pronunciando lentamente cada palavra.

– Não. Nem meu marido. Somos felizes assim. Se, no futuro, mudarmos de ideia, adotamos uma criança.

– Mas o corpo da mulher tem as formas arredondadas!

– E…

– E o que é que te lembra formas arredondadas?

Uia!

– Violão?

– Os planetas! As formas redondas dos planetas, Thalita! – esbravejou.

– Hum...

– Planeta é cosmos e cosmos é o quê?

Que consulta é essa?

– O… O… universo?

– É energia! Energia pura!

E a minha imunidade baixa entrava em que lugar nessa história?

– O corpo da mulher tem formas arredondadas para gerar filhos e, se não gera filhos, gera energia, criatividade, luz.

Opa! Luz, energia… Esse papo já estava qualquer coisa. E eu sou zero zen. Às vezes posso ser um pouco zen noção, mas quem não é? (Perdão, não resisti à piada infame.)

Tentei trazê-la da viagem cósmica para a minha realidade:

– Mas e a minha imunidade, doutora?

– Não vai ser simples descobrir por que a sua imunidade está tão baixa…

– Não está tão baixa assim. Acho que precisa só melhorar um pouco.

– Não, você que pensa! Estou conseguindo ler você, Thalita. Aprendendo a ler, mas já decifrando as entrelinhas.

Quase perguntei se eu, como um livro de formas arredondadas e cósmicas, era uma leitura interessante, mas resolvi insistir no objetivo da consulta:

– Mas voltando à minha imunidade, a senhora acha que eu preciso de quê?

– De uma biogeografia.

De quê, minha senhora?

– Só assim vamos entender como o seu corpo conversa com a sua psique.

Ui. Oitocentas mil vezes ui.

Ui pelo texto dela. Ui pelo rumo da prosa. Os outros uis por ela não ter plano de saúde. Eu estava pagando, muito bem!, para passar uma hora ouvindo uma *gurua* de estetoscópio. E eu só queria uma médica...

– Funciona assim: vamos para um sítio longe do Rio para fazer uma imersão. Lá, pintamos, cantamos, atuamos, bordamos... Não é preciso ter talento para nada disso, as atividades são apenas o caminho que vai levar você ao seu eu interior.

– Mas estou supertranquila com o meu eu interior. Gosto dele, vou com a cara dele. É gente boa, asseado, alegre... – brinquei.

– "Alegre" posso garantir que não.

– Ah, é alegre sim, doutora. Eu e meu eu somos decididamente alegres.

– Você que pensa, Thalita. Você é melancólica. Sofre para dentro...

– Imagina, doutora! Pergunta para os meus amigos! Para o meu marido! Quando eu sofro, sofro para fora, de um jeito que até o frentista do posto em que abasteço sabe que estou sofrendo. O porteiro sabe, a faxineira do prédio sabe, os vizinhos sabem. Se tem alguém que sofre para fora, esse alguém sou eu! Ainda choro com gosto, choro com vontade!

A doutora precisava urgentemente de óculos para me "ler" melhor.

– A gente vai trabalhar isso tudo nesses três dias de imersão. É preciso ter coragem para essa viagem interior. E eu, olhando para você, sinto que você está pronta.

Tudo nela era reticente: a fala, os gestos, o olhar. E eu sou toda exclamação! Definitivamente, aquela médica não era para mim.

Agradeci as sugestões, fingi que iria pensar na imersão biogeográfica, e saí dali decidida a nunca mais voltar.

Chegando em casa, fui direto para a internet. O professor Google me explicou que biogeografia é, na verdade, a ciência que estuda a distribuição geográfica dos seres vivos ao longo do tempo.

Quase liguei para ela para contar, mas achei melhor deixar isso entre mim e meu eu interior.

*(6 de agosto de 2012)*

# Hipocondríaca? Eu?!

– O senhor só pode estar de brincadeira!

– Não, você está muito bem. Não tem com o que se preocupar.

– Tem certeza?

– Absoluta.

– Mas... E remédio? Não tem um remédio? Um antibiótico, um anti-inflamatório para essa dorzinha na minha perna?

– Sua perna não tem nada. Você trouxe sua ressonância, os raios X e o laudo do seu ortopedista. É só corrigir a postura mesmo. Não precisa de remédio nenhum.

– Mas eu sou ótima para tomar remédio, sigo muito bem as recomendações da bula! O problema é começar a sentir os efeitos colaterais, o que sempre acontece comigo. Mas qualquer coisa eu ligo. Tenho seu celular e o telefone de casa.

– Thalita, relaxa, querida. Está tudo bem.

– E exames? Que exames o senhor vai pedir para mim?

– Nenhum exame.

– Nenhum exame? – repeti, exaltada. – Onde já se viu médico que não pede exame, doutor Armando? Pode pedir! Eu tenho plano!

– Você acabou de fazer um check-up completíssimo e todos os resultados estão ótimos. Sua saúde está perfeita.

– Nem um examezinho de sangue?

– Juntando as ampolas do check-up com o pedido da sua nutricionista, você colheu 32 ampolas de sangue, Thalita. Se tem um sangue analisado em laboratório, esse sangue é o seu.

– Então esquece sangue, esquece sangue! Que tal uma endoscopia, doutor? Eu queria tanto fazer uma... Nunca fiz, o senhor acredita? Está mais do que na hora, né?

– Imagina! Endoscopia é um exame chato, demorado, invasivo...

– Tiro de letra! Amo exames! E sou um espetáculo como paciente de exames. Pode perguntar para o meu otorrino, até de videolaringoscopia eu gosto, sabia? Acho bacana ver a minha faringe naquele monitor. Sempre peço para fazer e, quando ele topa, fico quietinha, não reclamo, não chio...

– Thalita, você não precisa fazer exames dessa vez.

– O senhor não ouviu que eu tive uma queimação na noite passada? Não é melhor fazer uma endoscopia para descobrir logo o que tiver que ser descoberto?

– Não.

– Tem certeza?

– Tenho certeza de que não gosto de você perguntando se eu tenho certeza a cada dois minutos.

– Desculpa... Mas é que achei que o senhor fosse me passar algum exame... Um examezinho só que fosse...

– OK!

Quase saltitei na cadeira. E quase morri quando vi o pedido: "Fezes e urina."

Quer exame mais sem graça? E é sempre assim. Médico, quando quer me dispensar, pede exame de fezes e urina para eu parar de reclamar e ir logo embora.

Adoro médicos. Admiro médicos. Gosto de tê-los por perto. Sou uma pessoa que fica feliz quando chega a uma festa e alguém diz: "Aquele ali é médico." Isso me dá um alívio, sobe uma felicidade no meu peito... Casamento de médico, então, deve ser lindo. Só de me imaginar cercada por médicos de todas as especialidades já me faz sorrir extasiada. Seria a glória.

Outro dia, vendo a entrevista de um médico no *Sem Censura*, tive a certeza absoluta de que tenho hepatite B. Cansaço, dor no corpo, dor de cabeça, falta de apetite... Eu estava com todos os sintomas e confirmei minha suspeita com meu fiel escudeiro de todas as horas, o meu querido Dr. Google. Foi o bastante para tomar a decisão:

– Carlos, vamos fazer exame de hepatite?

– A gente acabou de fazer check-up. Você não tem hepatite, está só gripada – respondeu meu marido, com a calma irritante que lhe é peculiar.

– Como você sabe? E se eu tiver hepatite? E se ela estiver encubada há anos?

– Você não tem hepatite. O nome disso é gripe. Vitamina C e cama.

– Ai, Carlos, por que para você tudo é tão fácil?

– Porque eu não sou hipocondríaco.

– Nem eu!

Sou só um pouco mais preocupada com a saúde do que as pessoas à minha volta. Gosto de ler livros sobre medicina (acabei de ler *O século dos cirurgiões*, que fala sobre as cirurgias antes da descoberta da anestesia. Poesia pura), de ir a médicos, de diagnosticar os amigos e familiares (sou boa nisso!), de me oferecer para acompanhá-los em consultas e sei, sim, o nome de alguns remédios, de anti-histamínicos a anti-inflamatórios. E também leio bulas frequentemente – existe um site de bulas, o paraíso! Não vejo mal nisso. E, ao contrário dos hipocondríacos, não me automedico. Nunca! Vai que eu fico doente me automedicando? Cruzes!

Outra coisa que me defende das acusações de hipocondria é o fato de eu só ter o telefone de um centro médico no meu celular. Um só!

O problema foi acordar depois de escrever esta crônica e sentir uma enorme necessidade de correr para a internet. Agora meu celular tem os telefones gerais e das emergências de quase todos os hospitais do Rio de Janeiro.

O meu marido brinca dizendo que entro nas farmácias e pergunto ao atendente: "E aí, quais são as novidades?" Mas é mentira, nunca fiz isso! Tive vontade, mas juro que não fiz.

Há alguns bons anos, amigos e família insistem e me atacam ferozmente, condenam sem dó minhas atitudes, mas eu luto, digo que não, que é calúnia, que eles são loucos, que absurdo e blá-blá-blá. Mas a verdade é que os sinais se mostram cada vez mais evidentes e eu não tenho mais como negar. Sim, sou levemente hipocondríaca.

Tudo bem, tudo bem... Não levemente, como disse acima. Totalmente.

Alguém aí conhece um remédio para hipocondria?

*(8 de agosto de 2011)*

# Fala sério, taxista!

# É cada taxista que me aparece

Motoristas de táxi são imprevisíveis. Às vezes dirigem feito loucos, noutras andam na velocidade de um cágado. Uns falam muito, outros falam nada. Uns só reclamam da vida, outros apostam na gaiatice para fazer o passageiro rir. Entre os tagarelas, há os que só sabem monologar sobre política, com uma rabugice atrás da outra, há os que puxam assunto mesmo quando você está com a cara literalmente enfiada no celular, passando a nítida mensagem "quero ficar quieta".

Esses encontros muitas vezes são inusitados. Você, passageiro, está ali convivendo com uma pessoa que provavelmente só vai ver uma vez na vida, por apenas 10 ou 15 minutos. Às vezes 35, 40, vá lá – do jeito que anda o trânsito no Rio de Janeiro. Eles pedem opinião, metem o bedelho na nossa vida, fazem a gente sorrir e dão dicas de filmes, livros, músicas, comentam a novela da vez... Motorista de táxi, assim como futebol, é uma caixinha de surpresas.

O trajeto era Barra–Botafogo, ou seja, havia tempo para muita conversa. Eu estava olhando a paisagem quando, do nada, o motorista começou a cantar, com pinta de tenor. Coisa bonita, coisa de Deus. A música? "Strangers In The

Night", famosa na voz do Frank Sinatra, num inglês *embromation* para ninguém botar defeito.

– A senhora prefere que eu continue cantando ou quer que eu bote um DVD de música?

– Adorei o senhor cantando, mas, para poupar sua voz, vamos de DVD – sugeri, diplomática.

Começou a tocar uma música sobre felicidade que quase me fez chorar – de tristeza. Era ruim demais da conta! Pedi, gentilmente, com minha ternura habitual, para que ele tirasse o DVD dos pagodeiros dos quais nunca tinha ouvido falar.

– Preciso fazer alguns telefonemas importantes – justifiquei, contando uma mentirinha branca. Só queria dar sossego para os meus queridos ouvidos.

Para minha surpresa, o motorista começou a chorar. Mas chorou muito. Pense numa pessoa abrindo o berreiro. Multiplique por sete e eis aí o motorista do táxi que me levava para a rua da Passagem.

– Desculpa, moço, mil desculpas! Pode botar de novo! Os meus telefonemas podem esperar! Bota de novo! Estava tão bom! – reagi, com pena. Vai que um dos pagodeiros era parente do motorista?

Enxugando as lágrimas, ele aproveitou para lavar a alma. Num fôlego só, abriu o coração:

– A minha filha deu prum mané, minha senhora. Prum mané! Sabe mané?

– S-sei...

– Pois é. Um mané tirou a virgindade da minha menina! Um mané! – disse, soluçando. – A senhora me desculpa o desabafo, mas minha filha é uma menina! Não era pra fazer essas coisas agora!

Que situação! Que situação!

– Ai, meu Deus! Ela é muito novinha, é?

– Um bebê! E o cara é um mané! Um man...

– Um mané, entendi...

– Além de torcer pro Vasco, o cara usa camiseta regata, com o sovaco todo de fora, aqueles pelos todos aparecendo.

– Ah, também sou contra camiseta regata. Acho que homem não pode levar o sovaco para passear. Devia ser proibido.

– Pois é! Em dia de churrasco em casa, com a patroa e as crianças, tudo bem, OK. Em dia de academia, tudo bem também... Mas na rua? Na rua? Em jogo de futebol?

Ah, não concordo! Implico com regata, ponto. Nem em dia de churrasco, nem na academia. Mas ele não queria saber da minha implicância. Queria mesmo é desabafar.

– E ele hidrata o sovaco, a senhora acredita?

– Sério?

– Sério! O mané passa hidratante no sovaco. E conta para todo mundo que passa hidratante no sovaco!

– E esse hidratante é daqui ou é de fora? Tem cheiro? O senhor sabe o nome? – perguntei, quase comentando com ele que o meu sovaco, digo, a minha axila (moça fina não tem sovaco, tem axila), andava meio ressecada.

Já estava com a caneta na mão.

– Não importa, dona! Isso é o que menos importa! O que importa é que além de hidratar aquela sovaca horrorosa – foi, foi "sovaca" que o motorista falou – o mané quando toma banho passa condicionador e xampu nos pelos que saem da porcaria daquela sovaca peluda, dona! E ainda teve coragem de dizer que se pudesse ele faria escova progressiva nos pelos! Na sovaca! Agora a senhora vê se pode um negócio desses!

– Não... Não pode... – verbalizei, sem nada melhor a dizer.

– A senhora acha que é coisa de macho um mané passar hidratante na sovaca peluda?

– Olha, acho que a sexualidade não tem nada a ver com...

– Dona, esse cara, que quer ser DJ, veja bem!, DJ!, coisa que qualquer celebridade de quinta faz, tirou a virgindade da minha menina!

Resolvi não enveredar pela discussão sobre a profissão de DJ.

– Quantos anos ela tem?

– Dezenove!

– Então ela não é um bebê!

– Pra mim é! Pra mim é! A senhora tem filhos?

– Não.

– Então fica quieta, dona! Se a senhora não entende, por favor, não julga, não julga!

– Mas eu não tô julg...

– Desculpa, dona, desculpa... Eu tô nervoso...

– Tudo bem.

– Os filhos são nossos eternos bebês. Eternos bebês...

E abriu a torneirinha de novo. Uma cachoeira caía dos seus olhos magoados. Dei a ele um lenço de papel. Ele agradeceu. E chorou mais. E mais alto. Provavelmente muito mais alto do que sua "bebê" jamais chorara. Eu já não sabia o que dizer e fui salva por um amigo que ligou e ficou comigo ao telefone até a rua da Passagem.

Fiquei mal por não poder ajudar aquele homem tão angustiado. Mas ele não queria meus conselhos. Nem meu ouvido. Ele só queria chorar. E chorou até o fim do trajeto.

Depois de me dar o troco, ele me ofereceu um cartão de visitas, já com o semblante mais aliviado.

– Se precisar, é só ligar.

Pensei em perguntar se podia telefonar no dia seguinte só para saber o nome do tal hidratante de axilas, mas achei melhor deixar pra lá.

*(11 de junho de 2012)*

# É cada taxista que me aparece (II)

O taxista era boa-praça, daqueles que ficam felizes ao ver a passageira saindo de um *happy hour* com as amigas. Dois minutos depois que entrei no carro, veio a frase:

– Se eu fizer uma perguntinha, a senhora me responde com toda a sinceridade?

O que dizer numa hora dessas?

– Claro que sim.

– Por favor, a senhora me diz a verdade. Do fundo do seu coração, hein!

– Pode deixar.

Suando frio, por dentro eu só pensava: "Meda", assim mesmo, no feminino. É uma espécie de medo elevado à décima potência. Mas permaneci no salto.

– A senhora me acha gordo?

Ele não era gordo. Ele era do tamanho de uma mesa de jantar. De seis lugares. Não tinha como negar: ele era muito, muito gordo.

– P-por quê?

– Por favor, seja direta e sincera, não me responda com outra pergunta. Responda o que eu perguntei para a senhora.

Deus meu, como é que a gente sai de uma saia-justa dessas?

– Olha, acima do peso o senhor está, sim...

"Mentirosa! Mentirosa! Mentirosa! O cara está muito acima do peso, o cara é gordo, Thalita! Supergordo!", brigou comigo minha consciência.

– Minha mulher quer que eu emagreça. Disse que o sexo vai ficar melhor.

Veja se isso é assunto para puxar com uma passageira? Mas ainda ia piorar...

– A senhora desculpa a intimidade... Mas a senhora já teve relações sexuais com gordos?

– Como?

– A senhora já teve relações sex...

– Eu ouvi... Só achei um pouco pesada essa pergunta...

– Desculpa... Tem razão...

Graças a Deus! O assunto sexo ia morrer ali.

– A senhora já fez amor com uma pessoa que está acima do peso? Assim ficou menos pesado, né?

Não, não ficou. E eu tive que me controlar para não rir.

– Já – respondi, com toda sinceridade. Nunca tive nada contra gordos, gordinhos ou gordões.

– Então a senhora sabe!

– Sei o quê?

– Que a gente é ótimo na cama...

– C-como?

Não estava acreditando que a conversa estava tomando aquele rumo!

– A gente é bom de cama pra caramba! – disse ele. E disse com a boca cheia de orgulho! – Não tem para ninguém! Pode botar um sarado e um gordinho lado a lado. A gente dá de mil! Pode ficar um pouco sem fôlego às vezes, mas nós, gordinhos, somos incríveis.

Ele se achava "incrível" quando o assunto era sexo. E se considerava "gordinho". E estava me contando isso! Será que onde ele comprou essa autoestima gigante tinha mais para vender?

– Bom, isso é assunto para o senhor e para a sua mulher, né?

– E meu cabelo? A senhora acha que eu estou precisando fazer implante? A senhora liga para careca?

– Eu gosto de carecas... Acho um charme.

– Aí! Aí! Aí! É a quinta hoje que me diz que gosta de carecas! – vibrou. – É o que eu sempre digo: carecas são bonitos, carecas são bacanas, carecas são sacanas, carecas são modernos, carecas são espertos, carecas não gostam de dias... ensolarados... – cantou ele, parodiando a letra de "Cariocas".

Era um piadista nato.

Como eu ri, continuou:

– Carecas são alegres, carecas são tão sexy, motoristas carecas não gostam de sinal fechado...

– Olha só... – comentei. – Adriana Calcanhoto que se cuide...

– Posso pedir um favor pra senhora?

Meda. Muita meda.

– P-Pode...

– A senhora se importa de ligar para a Filomena e falar para ela que a senhora gosta de carecas?

– Ãh? Quem é Filomena?

– Minha esposa. Preciso convencer a mulher de que implante é coisa cara... Para gente rica... Um minuto só... Alô! Filó? Peraí que uma passageira pediu para falar com você, bombom da minha vida!

E eu falei. Eu falei com a Filomena! Ela era uma simpatia. E, coitada, contou que eu era a quinta desconhecida a telefonar para dizer que implante era coisa cara, que carecas são o máximo e que gordos são um espetáculo na cama.

Ainda bem que ela não era ciumenta.

*(18 de junho de 2012)*

## É cada taxista que me aparece (III)

Cansada, com as olheiras alcançando o queixo, depois de um dia exaustivo de trabalho em São Paulo, entrei no táxi no Santos Dumont, disse para onde ia e me refestelei no banco para dar aquela descansadinha providencial. Tudo com o que eu sonhava era o silêncio e o escurinho proporcionado pelos meus olhos fechados.

– Tô arrependidão, a senhora sabe?

Eu devo ter uma cara muito simpática, mesmo de olhos cerrados.

– É muita besteira que a gente faz na vida, né não?

– Ô...

– E faz sem pensar nas consequências...

Ai, gente! O que o homem fez? Traiu a mulher? Foi pego pela mulher com a outra? Foi pego pela mulher com outro cara? Um taxista? Assaltou um banco? Atropelou um cachorro e não deu assistência? Tirou doce da mão de criancinha?

– Eu devia ter pesquisado... Porque tudo na vida é pesquisa, né?

Numa hora dessas a gente só concorda:

– É... Só pesquisa.

– Mas a vida é assim, né? A gente faz bobagem para depois se arrepender.

– Não é?

– O pior é que está doendo demais. A senhora não imagina a dor!

– Dor de amor? – sucumbi à curiosidade.

– Antes fosse! É dor de dente mesmo! – estourou. – Botei seis implantes dentários! Seis! Olha aqui, ó! – disse, virando para trás com a boca devidamente escancarada, em pleno Aterro do Flamengo. Dava para ver até as amígdalas do sujeito.

– Arrã... Arrã... – concordei logo, para que ele voltasse a olhar para a frente.

– A senhora diz que isso é implante?

– Nã...

– Não, não diz! A senhora diz que isso está doendo como o quê?

– Nã...

– Não, não diz! A senhora acha que valeu a pena? Não, não valeu!

– Mas já, já passa... Deve ser recente...

– Recente uma ova! Faz seis semanas hoje! Seis semanas! E eu só no analgésico! Não aguento mais!

– Que analgésico o senhor está tomando? – perguntou meu lado hipocondríaco.

Ele me ignorou.

– E sabe por que tudo isso? A senhora sabe por que tudo isso?

– Não... Por que tudo isso?

– Porque eu queria ficar igual àquele cara do cinema.

– Qual?

– O Jorge Cluni. O cara tem os dentes pequenininhos e ganha todas. Pega geral. O negócio é dentinho! Dentão não está com nada!

– O George Clooney não pega geral... Tem namoros longos, tem...

– Claro que pega! Todo mundo que tem dentinho pega! Dentinho faz o maior sucesso!

– O Rodrigo Lombardi é galã e nas novelas pega geral. E só tem dentão. O Marcello Anthony e o Cauã... Dentão! O Brad Pitt, dentão. Tom Cruise, dentão também... O...

– Ah, a senhora pode parar! Pode parar! – bronqueou, irritadíssimo. – Nunca me liguei nesses caras todos. Por que a senhora não entrou nesse táxi seis semanas atrás? Eu tinha desistido. Agora é tarde.

Calei a boca e afundei no banco.

– A senhora é casada... ou tem namorado?

– Casada.

– Há muito tempo?

– Quinze anos.

– Dentão ou dentinho?

– Dentão.

– Droga! A vida é muito injusta mesmo, viu? Não tem nenhum sentido!

Depois desse desabafo, senti que tinha que tentar ajudar.

– Olha só, tenho certeza de que essa dor vai passar e que o senhor vai ficar muito feliz com os seus dentes novos.

– Vou arrumar uma namorada?

Todo aquele esforço era porque ele se sentia solitário. Deu pena.

– O senhor vai arrumar uma namorada apaixonada por dentinhos!

Ele sorriu e eu fiquei orgulhosa de mim mesma, uma pessoa nitidamente iluminada, que espalha leveza e conforto por onde passa.

– Vou ficar a cara do Jorge Cluni?

Aí já foi demais. Não resisti: botei a minha porção adolescente para fora e mandei:

– Fala sério, taxista!

*(2 de julho de 2012)*

# Fofura em pessoa

# Pérolas da minha caixa postal

São mais de 100 e-mails diários que pipocam na minha caixa postal. Coisa à beça. Embora eu não consiga responder, a leitura dessas mensagens sempre me enche de alegria. Dá força receber tanto carinho, emociona saber como os meus livros mexem com as pessoas. Mas às vezes os e-mails me surpreendem ou me fazem rir. Abaixo, algumas pérolas:

*"Thalita, tenho que fazer um trabalho pra escola, valendo nota, do* Fala sério, amor!. *Você pode me ajudar? Você só precisa escrever um perfil curto de cada personagem (máx. 7 linhas) e depois um resumo da história (máx. 20 linhas). Se eu copiar resumo da internet, a prof. vai perceber, vou tirar zero e ainda vou levar esporro. Não demora, por favor! Tenho que entregar daqui a 2 dias. Valeu!!!!!!"*

Que tal? E eu que me achava cara de pau... Tsc, tsc, tsc.

*"Thalita, atachado vai um livro que escrevi sobre física quântica e sua relação com astrologia. Parece complexo, mas não é. Foram anos de estudos. Leia, revise, escreva o prefácio e o encaminhe à sua editora com uma carta de recomendação. Você não vai se arrepender. Espero uma resposta rápida, OK? Não me decepcione. Pela atenção, obrigado."*

Detalhe: o livro tinha 1.200 páginas.

*"Querida Thalita, é com júbilo maior que lhe escrevo esta missiva eletrônica. Sou um escritor cujo sonho é publicar um livro e me lançar nessa carreira que lhe abraçou tão intensamente. Escrevi um livro, um dos melhores que já li, modéstia à parte, e gostaria, com a sua ajuda, de publicá-lo. Você não precisa nem ler a minha obra. Eu lhe garanto: ela é excelente. A única coisa que peço é que você assine o livro comigo. Com o seu nome ao lado do meu, garanto a minha entrada no mundo das letras. Os direitos autorais serão, evidentemente, divididos em percentuais que podemos negociar. Que tal? Proposta irrecusável, não?"*

Recusei a proposta irrecusável e recebi um e-mail indignado, com mil desaforos raivosos e palavrões impublicáveis. Tadinha de mim.

*"Thalita, tenho 12 anos e 7 meses e tô pronta pra beijar. Minha mãe não acha isso, mas eu acho. Por isso, vim te pedir ajuda. Me ensina a beijar? Onde boto a língua? O que faço com ela? Posso treinar na tela do computador?"*

Mensagens desse tipo eu recebo aos montes. Mas não acredito que ninguém, em tempo algum, seja capaz de ensinar a beijar via e-mail.

*"Thalita, adoru seu geito expontanio. kero iscreve un livro, mais num sei pur onde comessa. Td mundu diz que nassi p issu. Mi ajuda?"*

Não resisti e respondi: "Comece lendo muito. Muito mesmo. Só assim você vai ganhar intimidade com a nossa língua para depois pensar em escrever um livro. Boa sorte!"

*"Thalita, trabalho como DJ há muito tempo. Mando bem, boto geral pra dançar. Mas preciso virar um DJ-celebridade pra ganhar mais dinheiro. Você deve conhecer todos os DJs-celebridades. Me dá o e-mail deles? Aí eles podem me passar as festas que eles não quiserem fazer. PS: Tenho 13 anos, nunca li nenhum livro seu, mas te adoro. Minha vizinha leu todos. Se você me ajudar, prometo fazer sua próxima festa de graça."*

Hum... É... Assim... DJ-celebridade? Por que ele acha que eu conheço "todos os DJs-celebridades"? Quem são os DJs-celebridades? Tive vontade de dizer: inscreva-se no próximo BBB. Mas ele tem só 13 anos.

Viram como é divertido? Vou pegar emprestado o bordão do Bruno Chateaubriand: "É cada uma que parece duas."

Ou três.

*(22 de setembro de 2011)*

# Tem ido lá?

Enquanto a minha vez na fila da pipoca não chegava, uma mulher riu para mim. Ri para ela também, já que sou a fofura em pessoa. O problema é que a dona do sorriso veio na minha direção.

– Thalitaaaa! Há quanto tempo! – exclamou, ao mesmo tempo que o abraço colocava mil pontos de interrogação na minha cabeça.

De onde eu a conhecia? Para que um sorriso mostrando tantos dentes? Quem era ela?! Pensa, Thalita. E rápido.

Melhor se desculpar e dizer logo a verdade: você não tem a minúscula ideia de quem ela é. Cruel, mas sincero. E meu lema é sinceridade acima de tudo. Não adianta, eu sou assim, não sei mentir.

– Bota tempo nisso, menina!

OK, não deu para ser sincera. É que ela me olhava com tanto carinho e tanta intimidade que não consegui fazer outra coisa.

– Como é que você está? E a sua avó?

Ela conhecia a minha avó. Qual das duas? E de onde? Uma luz, por favor!

– Estamos ótimas – respondi, maldizendo minha memória.

– Que bom! Mas e aí? Tem ido lá?

Lá onde?! Praia, academia de ioga, Baixo, curso de culinária, Casa da Matriz, Bar Urca... Que angústia! De que "lá" ela me conhecia? O que dizer numa hora dessas?

– Nunca mais fui lá.

– Não creio! Sério?

Os seus olhos estavam tão arregalados... Ela estava absolutamente chocada.

Ai! Meu! Deus!

– S-s-sério.

– Nunca achei que fosse ouvir isso de você, Thalita.

Eu suava frio. Precisava logo de uma pista para descobrir quem ela era. Para isso era necessário entrar no jogo.

– E você? Tem ido lá?

– Imagina! Depois daquilo tudo? Nem se eu fosse louca!

Daquilo tudo o quê? Por que eu não fui sincera? Agora a curiosidade estava me matando. "Aquilo tudo" podia ser tanta coisa... No mínimo, um bafo daqueles.

– Aprendi muito com o que aconteceu, mas otária não sou, não! Não sou mesmo!

Gente, o que essa mulher fez? Ou o que fizeram com ela? Droga.

– Isso mesmo – concordei. – Nessa vida a gente não pode dar mole, não.

– Claro. Mas e as meninas, você tem visto?

– Nunca mais.

O que mais eu poderia responder?

– Vai pagar como, moça? – perguntou a mulher do caixa. Viva ela!

– Dinheiro – disse, já dando o valor contado, para não precisar de troco, e aliviar logo meu sofrimento. – Tenho que ir, querida, daqui a pouco o meu filme começa. Adorei te ver.

– Também. Vamos marcar de a gente se encontrar qualquer dia! – sugeriu a desconhecida.

– Claro! – menti. Eu sei, sou uma pessoa horrível. Horrível.

– Por que você não passa no quiosque amanhã? Vai estar todo mundo lá. Todo mundo do bem, obviamente! Você sabe de quem eu estou falando, né?

– Ô, se sei...

Assunto encerrado, caminhei com a pipoca na mão rumo à sala do filme.

Mas o mistério permanece até hoje. E o medo de encontrá-la outra vez também.

*(14 de julho de 2011)*

# Amigo é coisa para se guardar

Há quem adore incluir ditados populares no meio de uma conversa. "A pressa é inimiga da perfeição", "Aqui se faz, aqui se paga" e por aí vai. Há aqueles que sempre têm na ponta da língua uma frase dita por um pensador célebre, como: "A imaginação é mais importante que o conhecimento", do Einstein, "Quem segue o rebanho pisa na merda", do Confúcio – uma das minhas preferidas –, "De onde menos se espera, daí é que não sai nada", do genial Barão de Itararé, ou ainda "Tenho um ano inteiro para mostrar minha bunda como ela realmente é", de Valesca Popozuda (OK, ela não é propriamente uma pensadora, mas é, hum, digamos, célebre, então está valendo). Enfim, desde que o mundo é mundo, frases de efeito pontuam conversas de bar.

Tenho uma amiga especialista nisso. Só que o negócio dela é citar versos de música. Que fique claro: ela não canta e sim recita, como se estivesse lendo uma poesia em voz alta para uma plateia atenta. Nossa amizade já dura mais de 20 anos, sou louca por ela, mas confesso que às vezes fica difícil conversar.

– Hoje um palhaço me fechou no trânsito e depois ainda fez um gesto obsceno para mim, você acredita?

– Vamos pedir piedade! Senhor, piedade! Para essa gente careta e covarde. Viva Cazuza!

Sim, na maioria das vezes ela dá o crédito ao compositor.

– O trânsito do Rio está tão caótico que eu queria ser milionária para só andar de helicóptero. Já pensou que sonho?

– Tudo pode ser. Se quiser, será. Sonho sempre vem pra quem sonhar.

– Xuxa? Sério?

– Sério. O que é que você tem contra ela?

– Nada! Eu gosto da Xuxa, só achei que não cabia "Lua de Cristal" no meio da nossa conversa sobre helicóptero.

– Cabia totalmente. Você estava falando de sonho, de voar, voar, subir, subir, ir por onde for. Imagina ir de helicóptero do Leme ao Pontal? Uh. Uh. Uh. Que beleza.

– Ui! Biafra com Tim Maia.

– O Tim é paixão antiga. E, você sabe, paixão antiga sempre mexe com a gente…

– Sei... – Foi a única coisa que consegui verbalizar.

– Pena que não consegui ver a peça sobre ele… Mas tudo bem, está ruim para você, também está ruim para mim, está ruim para todo mundo, o jogo é assim. Sábio D2!

– Ai, gata, chega! Está chato! Agora para, preciso te falar daquele projeto que está emperrado. Estou tão preocupada, não sei o que fazer…

– Faça como o velho marinheiro, que durante o nevoeiro toca o barco devagar…

– Não, sem Paulinho da Viola, vai! – reclamei, irritada. – Estou falando sério!

– Falando sério, é melhor você parar com essas coisas, já dizia o Rei.

– Não dá para ter uma conversa decente com você?

– Isso aí! Me agride, pode agredir, sabe por quê? Eu estou vestida com as roupas e as armas de Jorge. Para que meus inimigos tenham mãos e não me toquem, tenham olhos e não me vejam e nem mesmo um pensamento eles possam ter para me fazerem mal. Salve Jorge!

– O da Capadócia ou o Benjor?

– Os dois. Mas o Benjor nessa época era só Ben. Meu bem, meu zen, meu mal...

– É meu zen que vem primeiro!

– Licença poética! O que é que tem? Eu não posso mudar um pouco a letra? – indagou, a veia saltando do pescoço.

– Claro que não!

– Claro que posso! Eu posso tudo! Eu sou gente e gente é feita pra brilhar, como canta Caetano!

Desisti. Se você não pode combater o inimigo... Junte-se a ele.

– Esse papo já está qualquer coisa... – soltei. – Não faça papel de louca para não haver bate-boca!

– Eu sei que eu tenho um jeito meio estúpido de ser...

– Me larga, não enche. Você não entende nada e eu não vou te fazer entender – mandei na lata, caetaneando mais uma vez.

– Está legal, eu aceito o argumento... – devolveu na hora.

– Brigas nunca mais? – ataquei de Tom e Vinicius.

– Eu tento achar um jeito de explicar, você bem que podia me aceitar.

– Eu aceito! Porque, você sabe, eu sou a mosca na sopa e o dente do tubarão, eu sou os olhos do cego e a cegueira da visão. Gita. Gita. Gita.

– Eu preciso dizer que te amo.

– Também te amo, amiga. Eu sei que vou te amar, por toda a minha vida eu vou te amar. Dá cá um abraço.

Demos um abraço fraterno e encerramos a conversa que estava mais para samba do crioulo doido. Ela, desconfiada. Eu, rindo por dentro.

Quá quará quá quá, quem riu? Quá quará quá quá, fui eu!

*(24 de fevereiro de 2012)*

# Meu mundo, meu umbigo

Tem gente que escuta, mas não ouve. Tem gente que fala, mas não diz nada. E tem gente que se ama num grau que só se ouve, já que só fala de si. Estudei com uma menina assim na faculdade. Normalmente essas pessoas são, digamos, meio chatas. E chatas, como todos sabem, são as pessoas a quem a gente pergunta como elas estão e elas contam. Detalhadamente.

– E aí, gata? Beleza? – cumprimentei.

Uma pessoa não chata responderia: "Beleza. E você?" Mas a tal menina não era não chata.

– Ai, mais ou menos, gatan... Acredita que minha televisão quebrou na hora da novela? – Putz... – E eu tô sem namorado, você sabe, né? Terminei com o Thomás, te contei, né?

Mente, Thalita! Mente, sua burra! Mentira branca não tem problema! Mente!

– Não, não contou...

Anta! Agora aguenta!

– Menina, acredita que ele dormiu sem me dar boa-noite? Virou para o lado e dormiu? Poxa, cara, a gente está só há oito meses junto, não pode uma coisa dessas. Isso é desrespeito, falta de consideração!

– Sono? – tentei.

– Sono nada! Mau-caratismo! Insensibilidade! Falta de educação. Mas também, com uma mãe daquelas!

– Imagino o horror que seja a mãe dele, mas você estudou para a prova? Morro de medo dessa professora! – perguntei, tentando escapar do assunto.

– Ninguém imagina como é a mãe dele, gataaan. A mãe dele é uó! Uó!

Ah, como é extenso o vocabulário dos universitários da Zona Sul carioca.

– A mulher nunca disse "eu te amo" para ele, acredita? E foi passar dois meses na Grécia com o amante três dias depois que ele nasceu. E enche a cara de pipoca de micro-ondas todos os dias. E não é a light, não! Você acredita nisso?

– A parte do "eu te amo" e da viagem com o amante eu captei, mas a pipoca...

– Gataaan! São uns 20 pacotes por dia!

– E?

– E aí que é uma pessoa que não se ama, né, gatan? Uma pessoa que come lixo não se ama, né? Por isso que o Thomás é assim.

– Porque a mãe dele gosta muito de pipoca?

– Claro!

– Eu como pipoca de micro-ondas sem ser light. Adoro.

– Vinte sacos por dia?

Tentei fugir do assunto mais uma vez:

– Você gosta de Miojo? Estou numa de Miojo com ovo frito de gema mole, acredita?

– Pior você não sabe! A irmã, que era toda minha amiguinha, ligou para me esculachar. Disse que eu deprimi o Thomás! Posso com isso? – metralhou ela, ignorando solenemente minha pergunta.

Decidi jogar pesado. Já que ela só queria falar dela, eu ia só falar de mim:

– Você sabe como se faz ovo com gema mole? O meu namorado gosta de gema dura, mas eu só como gema mole.

– Mole é pouco, a barriga do Thomás é uma gelatina e a culpa é daquela família dele, que é toda flácida. Família flácida e sem alegria no olhar, sabe?

Ah, é assim? Vamos para o segundo round!

– O meu namorado me chamou para viajar com ele para esquiar. Mas eu odeio esqui. Na verdade, nunca tent…

– E o Thomás ainda tem um sério problema. Ele não olha no olho! Não suporto gente que não olha no olho! E, cacete, gatan! A gente namorou oito meses! Custa olhar no meu olho, cara? Não estou pedindo para dizer que me ama, mas custa olhar no meu olho?

– E eu sou friorenta demais. Boto cachecol quando o termômetro marca 20 graus. O meu pé está sempre gelado, imagina na neve!

– Você consegue imaginar um filho meu com esse homem?

Ela já estava pensando em filho. Oito meses! Coitado!

– Homem que é homem aquece o pé da namorada, né? Com meia, ou cobrindo com o lençol... É tão romântico!

– O garoto ia ser um burro, porque o Thomás é burro! E não ia ter coração, porque o Thomás não tem coração. O Thomás não tem alma, sabe, gatan? E eu não quero filho sem alma, na boa, gatan. Não quero mesmo.

– Sua casa tem tapete? Descobri um tira-manchas tipo incrível!

– Gatan, mancha de quê? Você está me ouvindo?

– Claro! Vamos, a professora chegou.

Ela entrou na sala cabisbaixa. Certamente ainda tinha muito para contar. Sentou na minha frente e, antes que a professora distribuísse as provas, tive o prazer de acompanhar o breve diálogo entre ela e o menino ao seu lado. Menino que, diga-se de passagem, ela mal conhecia:

– Te contei que terminei com o Thomás, né? Na boa, vocês homens não valem nada.

*(16 de agosto de 2012)*

## Voar, voar, subir, subir

Viajar todo fim de semana para trabalhar é uma delícia, mas cansa. Voar é o de menos, esperar em aeroportos é que é o pior. Mas, às vezes, a viagem de avião também pode ser um tanto estressante. Não que a culpa seja da companhia aérea.

Acordei às quatro da madruga e às sete e meia estava completamente exausta, sem emitir um som sequer. Mentira: com o jornal nas mãos, comentei com meu marido que a Gretchen estava trabalhando como garçonete nos Estados Unidos.

Tudo o que ele conseguiu dizer foi "humpf!".

Depois ficamos em profundo silêncio até embarcar. Ele sentou na 3C e eu na 7B, no meio. Esperávamos conseguir trocar de assentos para ficar lado a lado, mas não deu. O voo lotou e me vi entre duas simpáticas senhorinhas estampadas, solares e falantes. Muito falantes.

– Que maravilha o remédio para artrite que o marido da Marília indicou, hein? – disse a da minha direita.

– Aposto que não é melhor do que o que eu descobri para catarro preso – contestou a outra, sentada à minha esquerda.

– Ih! Que assunto de velho! Olha a menina aqui, ela vai achar que somos chatas, que só falamos de remédio e doença. E nós somos um arraso! Qual o seu nome, querida?

– Thalita.

– Olha que nome bonito! – elogiou a da direita.

– Bonito, não, Maria Emília! Diferente... – argumentou a da esquerda.

Ah, tá… Sincera, né?

– E o que você faz?

– Sou escrit…

– Não enche o saco dela, Joanita! Deixa a menina!

– Eu estou sendo educada, Maria Emília!

– Vocês querem trocar de lugar, para conversar tranquilamente?

– E sair da minha janela? Nem pensar! – exclamou a de cabelo vermelho-quase-rosa.

– E eu sair do meu corredor? Só se eu fosse louca!

– Você é muito burra mesmo, hein, Maria Emília! Onde já se viu gostar de corredor?

– Burra é você, que senta à janela tendo incontinência urinária. Onde já se viu? Ter que incomodar todo mundo para ir ao banheiro é o fim da picada, não é, Tamara? – perguntou a tagarela, cutucando meu braço.

Tamara (essa era eu, claro) abriu os olhos num susto. Tamara só pensava em dormir.

– Eu… não…

– Não é Tamara, é Tatiana!

– Envelhecer é uma bosta, sabe, Tatiana?

Meu Deus, a viagem ia ser longa!

– É nada! Melhor isso do que a outra opção.

– Que outra opção, Maria Emília?

– Morrer, Joanita. MOR-RER! Quando digo que você é burra...

– Vocês sempre brigam assim?

– Que briga? Imagina, a gente se ama, Tamara.

– Somos amigas desde pequenas. Eu era a primeira da turma, ela era a segunda. Eu era linda, ela era feia. Tinha cara de gazela com hepatite.

– Gazela com hepatite é a sua mãe! Para você, Tamara, quem é mais bonita? Eu ou ela? Diz a verdade.

– As duas são lin...

– Ah, não! Cadê sua coragem, Tamara? Fala a verdade, ninguém vai morrer por isso!

– É que estou com sono, não estou conseguindo raciocinar direi...

– Sono? Olha que bosta essa juventude de hoje, Joanita! Eles vivem cansados. Cansados de quê? De quê? No nosso tempo era tão melhor... A gente tinha mais vida, a pele tinha mais viço. Aliás, você podia dar uma passadinha no dermatologista, hein, Tatiana? Sua cara está precisando de um trato.

Concordei com a cabeça, botei a jaqueta em cima da cara precisada de trato para deixar evidente que Tatiana (ou Tamara) estava exausta e realmente não queria papo.

Mas elas não eram boas em captar sinais.

– E o comissário de bordo, hein, Maria Emília? Olha que pão, Tamara! – exclamou a da direita, tirando a jaqueta da minha cara. Inacreditável.

– É, que pão – respondi, pau da vida, fechando os olhos em seguida.

– Bota pão nisso, gente.

– Aquela lá na frente é a Marina Lima?

Silêncio.

– Tamara! Tamaraaa! – gritaram no meu ouvido.

– Oi... – respondi, resignada.

– Você que enxerga melhor, é a Marina Lima, aquela cantora?

– Não sei.

– Cruz-credo, você parece uma morta-viva!

– Eu só dormi quatro horas!

– É a Marina Lima, sim. Ela está bem, né?

– Aposto que é tudo plástica.

– Ah, Maria Emília, para você, ninguém pode estar bem que é plástica.

– Se ela fosse pobre, estaria toda enrugada, que nem a gente, Joanita.

– A gente tem idade para ser mãe da Marina Lima, essa é a verdade.

– Você, né? Eu não.

– Você é só dois meses mais nova que eu!

Foi quando se deu o milagre. Uma outra mocinha da melhor idade se aproximou.

– Eu sabia que eram vocês, ninguém fala mais que vocês em avião!

– Oi, Jussara! – disseram as duas, animadíssimas.

Fui rápida:

– Qual é a poltrona da senhora?

– 3D.

Uma luz iluminou meu cérebro sonolento. A sorte, que parecia ter me abandonado desde que sentei entre as duas tagarelas, estava voltando para mim.

– O meu marido está na 3C, a senhora se incomoda de trocar comigo?

– Claro que não. Eu tenho muito para fofocar com essas duas.

Levantei aliviada, agradeci, dei um aceno gracioso para Joanita e Maria Emília e fui me sentar na nova poltrona, com apenas um corredor me separando do meu marido, que dormia. Inveja.

Reclinei a poltrona, fiz da minha jaqueta um confortável projeto de travesseiro e...

– Por favor, coloquem suas poltronas na posição vertical e apertem os cintos de segurança. Em alguns minutos, pousaremos no Rio de Janeiro – pediu a aeromoça.

Meu marido acordou.

– Você está aqui? Que voo ótimo, descansei muito. E você?

Tudo o que consegui dizer foi "Humpf!".

*(4 de novembro de 2011)*

Ai, ai... humanos...

# Bando de fofoqueiros

Estava com meu marido e um casal de amigos num pequeno restaurante na Gávea, onde é simplesmente impossível não ouvir a conversa alheia (as mesas são praticamente coladas umas nas outras), quando começou o diálogo:

– Vocês viram *As Brasileiras*, com a Glória Pires? – perguntou uma voz feminina atrás de mim. Fiquei em silêncio para escutar a resposta.

– Nossa, vi e adorei! – disse outra mulher da mesa.

Eu também adorei! Eu também adorei!, comemorei por dentro, por ouvir elogios de estranhos, mesmo que eles não fossem dirigidos diretamente a mim.

Explico: o roteiro do episódio de *As Brasileiras* em questão foi baseado no livro *Fala sério, mãe!*, e escrito por mim em parceria com a craque Ana Maria Moretzsohn. Por isso, eu estava tão curiosa sobre o rumo que tomaria aquela prosa.

Todas à mesa concordaram que o texto retratava bem o dia a dia de uma mãe de pré-adolescente, que os pirralhos andam mesmo muito abusados, que elas rolaram de rir e blá-blá-blá. Fiquei me sentindo. Ou, como diz um amigo, me tendo certeza.

Tanta alegria durou pouco. Pouquíssimo.

– E era baseado num livro daquela Thalita Rebouças, vocês acreditam? – comentou uma das quatro mulheres da mesa.

Daquela? Não podia vir boa coisa depois disso. O meu marido e os meus amigos me lançaram olhares quase piedosos, mas mantiveram o silêncio.

Bando de fofoqueiros.

– Pois é, ela parece tão bobinha, tão vazia...

Os meus companheiros de mesa olharam para mim, cobrando uma atitude. Quieta estava, quieta continuei.

– Ah, gente, se ela bota os adolescentes para ler, está ótimo! Tirar esses meninos da frente do computador é difícil.

Obrigada!

– Mas por causa dela os adolescentes não querem mais saber de Machado de Assis e José de Alencar – opinou uma delas, a de voz mais aguda.

Como diriam os meus leitores, "como assim" por minha causa? Fala sério!

– Os tempos são outros. Eles querem ler o que tem a ver com eles.

– Mas o que ela faz é lixo!

Um, dois, três, quatro, cinco... Respira.

– Não pode ser tão ruim, se fosse lixo, ninguém gostaria. E ela não vende muito?

– Vende. Por isso que a gente sabe que é ruim, né? Já viu alguma coisa boa vender muito?

– Já, claro. Muitas.

– Mas não é o caso dessa garota. Já viram alguma entrevista com ela? Ela age como uma menina, parece uma idiota. Muito alegre o tempo inteiro, isso me irrita.

É o meu jeito!, gritei por dentro. Eu sou assim, principalmente quando estou dando uma entrevista ou uma palestra. Ajo como se estivesse numa festa com meus melhores amigos. E alegre eu sou. O tempo inteiro. Sou mesmo. *Desculpaê.*

Além de ouvir coisas pouco elogiosas a meu respeito, ainda tinha que lidar com as caras de pena que faziam meu marido e o casal amigo. Os três consternados diziam, com os olhos, coisas do tipo: "Não é nada disso, você é ótima e fofa", "Não liga, todo mundo tem uma opinião formada sobre tudo" e por aí vai. Mas só com o olhar, porque o silêncio continuava imperando.

Bando de fofoqueiros.

– Você já leu algum livro dela?

– Imagina! Nunca li, nem vou ler. Não vou perder meu tempo.

Ah, entendi. Não leu e não gostou. Agora vamos mudar de assunto? Por favor!, pedi com toda a força do meu pensamento.

Não é que elas me escutaram?

– Ótimo esse picadinho. Acho que é o melhor que já comi.

– E *Avenida Brasil*? Que novela boa, hein?

De repente, os três mudos da minha mesa resolveram falar ao mesmo tempo. Aproveitaram o gancho e falaram de *Avenida Brasil* (aliás, que novela boa, hein?), comentaram sobre o frio glacial que faz na Gávea (ah, os cariocas!) e sobre Fluminense X Boca. Sabendo que a outra mesa ouviria tudo, deixamos para falar sobre *As Brasileiras* e assuntos derivados depois.

Enquanto os três discutiam futebol, fiquei imaginando o que sofrem atores, apresentadores, cantores, gente realmente conhecida. Não deve ser fácil lidar com o direito que todo mundo tem de ter opinião sobre todo mundo.

Eu mesma sou assim. Assisto a uma entrevista por três minutos e penso que já sou capaz de falar por horas a fio sobre o entrevistado. E com conhecimento de causa.

Ai, ai... Humanos...

Depois que as comensais da mesa de trás pediram a conta, o café e partiram, minha amiga metralhou:

– A mulher que falou de você estava com vestido de renda verde-abacate e jaqueta de couro amarela. E cabelo dos anos 70. E feijão no dente. E tinha uma narina bem maior que a outra. E pança. Pronto, falei.

Rolei de rir, mas fiz a fina:

– Imagina, todo mundo tem o direito de pensar o que quiser. É assim que funciona.

– Ah, até parece que você não ficou com vontade de levantar e dizer "Oi, eu sou a Thalita. Agora pode repetir isso tudo na minha cara, faz favor!", desafiou meu amigo, barraqueiro de nascença.

Até fiquei, pensei comigo, mas não dei o braço a torcer. E, de qualquer forma, já estava vingada. Afinal, a tal mulher tinha uma narina bem maior do que a outra. E pança.

Pronto, desabafei.

Para quem quiser ver o episódio antes de formar a sua opinião, o link é este:

http://migre.me/bhwxl

*(21 de maio de 2012)*

# Adultos sem filtro

Acho muito engraçada a falta de cerimônia das crianças para dizer coisas impactantes, por mais que elas doam, a quem quer que seja. Por exemplo, uma amiga pediu que sua filha de cinco anos fizesse companhia a uma visita que a esperava na sala enquanto ela terminava de se arrumar.

– Sua mãe é muito chata com esse negócio de estar sempre atrasada, viu? – comentou a visita, puxando papo com a criança.

– Minha mãe não é chata. Nem atrasada. Você que é feia. E gorda.

O rompante infantil causou uma gargalhada desconfortável, pedidos de desculpas dos pais a tal amiga, que não era feia, muito menos gorda. Quando dizem absurdos do gênero, crianças são perdoadas depois de uma leve bronca e os pais ainda contam o caso para divertir os amigos. Mas e os adultos que agem como pirralhos?

São os adultos sem filtro, um tipo de gente que sempre me intrigou. Algumas pessoas nascem sem a capacidade de peneirar as palavras que lhes vêm à cabeça antes de verbalizá-las, e são capazes de dizer as maiores atrocidades com cara de paisagem, sem o menor pudor, como uma vendedora de loja que me atendeu quando eu devia ter uns nove anos (repetindo, nove anos. Uma criança!). A gerente se aproximou e disse para mim:

– Que cabelo bonito você tem!

Ao que a vendedora retrucou, antes mesmo que eu agradecesse:

– Bonito não, né? Ela tem muito cabelo. É cheio e armado, só isso.

Fofa, né?

A minha avó Maura veio ao mundo totalmente sem filtro. Outro dia ela comentou, vendo uma foto minha numa revista:

– Nossa, mas que foto linda! Está parecendo artista de Hollywood! Está bonita demais!

– Obrigada!

– Não é você.

– Quê?

– N-Ã-O É V-O-C-Ê!!!

– Como não? Tem meu nome na foto e tudo!

– Mas não é você, não há santo que me convença de que essa é você, querida.

– Ah, não? Quem é essa, então?

– Uma dublê, ué.

Dublê. De foto. Que tal?

Esses episódios me lembraram de outros, como a conversa que tive com um maquiador de tevê.

– Como ela é simpática! – comentei sobre uma artista que acabara de conhecer.

– Isso é coisa recente, viu? Nunca foi. Até outro dia ela era uma vaca. Adoro ela, mas esse negócio de simpatia é novidade.

E a mãe de uma amiga minha? Em pleno avião, sentada na segunda fileira, disse para a filha ao voltar do banheiro, com voz de megafone:

– Barbaridade, filha! O que foi que aconteceu com Porto Alegre? Daqui para trás só tem gente feia!

A filha, claro, afundou na poltrona e fingiu que estava dormindo.

Por último, lembrei o episódio em que uma amiga sem filtro disse aos donos de uma loja de decoração, a quem acabara de ser apresentada:

– Não são vocês que compram essas coisas para loja, né? Porque tem tanta coisa cafona...

– Não só compramos pessoalmente cada item da loja como viajamos o mundo em busca de objetos interessantes e inusitados.

Para aliviar o clima, comprei alguns objetos interessantes e inusitados para a minha casa. Gente sem filtro dá um prejuízo...

*(21 de novembro de 2011)*

# Sucesso? Ai, se eu te pego!

Vem cá, por que tanto estardalhaço por conta do Michel Teló? Ele está fazendo sucesso com uma letra banal de refrão grudento e ritmo dançante. E daí? Isso por acaso é novidade no Brasil? Por favor, vamos segurar o tchan, cada um no seu quadrado? Deixem o menino em paz! Ele está feliz, fazendo o que gosta, e o melhor: ganhando a vida com isso. E vai fazer sua primeira turnê internacional! Palmas para ele!

Tom Jobim costumava dizer que, no Brasil, sucesso é ofensa pessoal. Sucesso internacional, então... Depois de ler a carta que o Bruno Medina escreveu ao Teló em seu blog e navegar por vários textos na internet (todos comentando o sucesso da música, alguns pesando a mão na agressividade), resolvi escrever também. Como disse meu amigo Sidney Garambone no Facebook, o brasileiro que fala mal do cara é o mesmo que paga fortunas para ver shows de bandas internacionais de talento duvidoso, com músicas muito piores do que "Ai, se eu te pego". Por que a gente pode consumir músicas grudentas de gringos e os gringos não podem fazer o mesmo com um produto nosso? Calma, gente... É só uma música!

Música que, aliás, eu não conhecia. Não, não conhecia. Um espanto, já que sou curiosa por natureza, jornalisticamente falando. Vi agora o clipe no You Tube. É simples, muito simples, e o cara tem um carisma absurdo (carisma e sucesso andam de mãos dadas, certo?). Ele é magnético, tem uma boa voz e a música se resume a um refrão-chiclete. Ponto final. Sucesso é isso. E o bacana do sucesso é que ele não tem porquê, não tem fórmula.

Existem músicas melhores que deveriam fazer o mesmo sucesso estrondoso? Sim, certamente. Assim como muitas cantoras infinitamente melhores do que a Britney Spears também poderiam estar por aí, brilhando sem playback e engordando a conta bancária. Mas aprendi cedo que a vida não é justa. E que a sorte conta muito, assim como a persistência.

Caetano, Chico, Beatles, Elvis... Todos geniais. E todos criticados em algum momento. Não estou comparando Michel Teló a eles, claro que não. Estou apenas dizendo que sucesso sempre vai gerar críticas. E que bom que a gente vive numa democracia, em que todo mundo que tem uma opinião formada sobre tudo pode se manifestar seja nas redes sociais ou nos blogs. Mas crítica é crítica, agressividade é outra coisa. Não gosta da música? É só não ouvir, caramba!

Como dizia o filósofo, a inveja é o maior dos elogios.

*(5 de janeiro de 2012)*

# Uma descarga de criatividade

Na próxima vida, está decidido: vou gostar de berinjela, na cozinha saberei fazer mais que ovo frito e pipoca de micro-ondas, e serei arquiteta de banheiros. Sou meio aficionada pelo assunto banheiro, admito. E me sinto entendida, apta a opinar e desenvolver uma extensa conversa sobre o tema. Então vamos lá!

A verdade é que muitos banheiros têm me irritado ultimamente. Tudo bem um banheiro querer ser mais que um banheiro, querer ser um banheiro memorável, um banheiro tchanã. Mas, por mais moderno e descolado que seja, banheiro é banheiro! Pode até ser lindo, mas tem que ser prático (palavra fundamental quando o assunto é banheiro) e ter a luz certa para a gente se achar deusa na frente do espelho. Só isso.

Mas parece que os arquitetos não concordam comigo. Por exemplo, quem inventou som ambiente para banheiros? Desconcentra, povo! É passarinho piando, é cítara superzen, é barulho de mato, é lounge modernoso… Para!

E banheiro que fala? Pensa que não existe? Em São Paulo, alguns meses atrás, fui a um que me deu boas-vindas. Levei um susto, parei os trabalhos na hora e saí correndo. Eu lá sou mulher de bater papo com banheiro? Era só o que faltava!

Outro banheiro que me irrita é o que tem cheiro. Ô, gente, não inventa de botar aroma de floresta falsa nos banheiros! É enjoativo, é desnecessário, é... ruim! Também não suporto banheiros rudes, que me deixam no breu. Do nada, a luz se apaga. É como se ele dissesse: "OK, seu tempo acabou. Próximooo!" Resumindo: é um banheiro mal-educado, um banheiro sem coração. Cadê a delicadeza? É o usuário do banheiro que decide a hora de sair. Sem contar que me sinto ridícula balançando os braços na escuridão, como se estivesse fazendo uma ola, para que a luz volte. Tudo bem, temos que economizar energia, mas não estamos participando de um campeonato mundial para consagrar o dono do xixi mais rápido.

Ah, tem uma coisa que acho linda: não precisar tocar em descargas e torneiras. Pedal é tudo na vida de um ser humano. É higiênico. É chique. É luxo. Mas os avisos de que o banheiro em questão tem pedal deveriam ser colocados, em letras garrafais, em um lugar onde as pessoas conseguissem ler assim que entrassem. Caso contrário a gente fica feito idiota procurando a torneira e a descarga. E se sente mais idiota quando lê o tal aviso. E mais idiota ainda por não ter lido antes. E sai do banheiro com cara de idiota, o que é pior.

Outra coisa: nada me faz sentir mais estúpida do que ficar parada em frente a duas portas, tentando decifrar qual símbolo-maluco-de-artista-badalado identifica o banheiro feminino. Na boa, um H de homem e um M de mulher não fazem feio, juro!

Enfim, banheiro é banheiro. Nota 10 para os bem iluminados, com proteção de plástico que gira no vaso (ou aquele forro de papel, tanto faz), papel higiênico macio (ralador de bunda nem pensar!) e bem posicionado, ao lado ou na frente do vaso, nada que exija contorcionismo e... *voilà!* Eis um banheiro bacanudo. Menos é mais. Como diriam meus leitores adolescentes, menos é mais *messsmo.*

*(25 de julho de 2011)*

# Grande família

# Entendendo os meninos desde cedo (ou não)

Parece que as crianças de hoje vêm com um chip diferente. Às vezes me pego tentando entender o porquê disso e acho que a resposta está nos estímulos desse mundo digital, na convivência com celulares, videogames, mouses e iPads desde o berço, na quantidade absurda de informação disponível... Tudo isso está deixando os pirralhos do século XXI muito diferentes dos de uma ou duas décadas atrás.

Mas que as meninas compreendem desde cedo a essência da alma masculina, isso era novidade para mim.

A sempre fofa, criativa e dançante comemoração do Fred depois de um gol do Fluminense fez minha sobrinha de 10 anos (flamenguista, diga-se de passagem. OK, ninguém é perfeito) comentar: "Que dança mais boba! Parece até um menino. Homem é bobo, né?"

Pensei comigo: "Como é que uma menina de 10 anos já sabe isso, meu Deus?"

A mesma sobrinha vive reclamando que o primo de 11 tem mentalidade de cinco anos de idade. Morro de rir. Ela já está interessada em conversas mais sérias, enquanto ele só quer saber de jogar bola e de implicar. É a velha história: homem é bobo, mulher é chata. Desde sempre.

Por outro lado, a irmã dela, do alto de seus oito anos, contou para mim que estava apaixonada por um tal de Leo e me pediu um conselho:

– Você acha que eu falo para ele que gosto dele?

– Fala, claro. Se você não falar, ele nunca vai saber. Talvez ele goste de você também, mas por medo de tomar um fora pode acabar nunca se aproximando – ponderei. – Vivi, aprende uma coisa e leva isso para a sua vida: meninos são lentos! – ensinei, categórica, cheia de orgulho por poder ajudar.

– Tia Thalita, você está louca? Meninos não são nada lentos! Eles são muito, muito rápidos! – disse, cheia de certeza. – Ganham todas as corridas na aula de educação física, chegam muito na frente das meninas. O Leo, então, é o mais rápido de todos. Eu nunca vou conseguir alcançar ele…

É… As crianças estão precoces, sim. Mas nem tanto.

*(28 de novembro de 2011)*

# Mães, filhas e o Facebook

Todo mundo sabe que quando chega a uma certa idade o adolescente (ou a criança, já que a infância está cada vez mais curta) tem um sonho muito definido em sua doce cabecinha: que os pais sejam invisíveis – principalmente na hora de buscar na escola, nas festas e nos sociais da atribulada vida infantojuvenil.

Outro dia, fazendo uma matéria com mães de leitoras (devidamente acompanhadas das filhas), percebi que, em tempos digitais, a invisibilidade é muito almejada, talvez até mais que no mundo real.

– Quantas vezes já disse para não falar comigo no Facebook, mãe? – perguntou a menina de 15 anos.

– Mas é muito abuso, mesmo! Falo com você quantas vezes eu quiser, garota!

– Não pode! Já te expliquei mil vezes, no Face eu não tenho mãe! – argumentou a superfofa.

– Ah, tem, sim! Tem mãe no Face, no Twitter, no Orkut e na vida.

– Ai, nem tenho mais Orkut, como você é desatualizada! – rebateu a filha, pouco antes de dirigir a mãe para a foto.

– Esconde o braço na hora de fotografar, hein? Está muito gordo.

Outra menina logo se meteu também:

– E você deixa o queixo paralelo ao chão, hein? Nada de sair com papo no jornal.

– Como vocês são carinhosas! É muito amor, gente! – brinquei. – Pois eu acho, mães, que vocês não só podem como devem interagir com elas no mundo virtual.

– Não, Thalita! – chiou outra leitorinha. – Mãe no Face é mico.

– Mãe é mico, ponto – disse outra.

– E no Twitter? Mãe é a morte! Ela pede para todos os famosos me mandarem beijo. E tem uns famosos que eu nem gosto! – completou a terceira adolescente.

– A minha mãe se acha engraçada na internet – condenou uma.

– Pior a minha, que se acha amiga dos meus amigos – comentou a outra.

– Mas os seus amiguinhos me amam; o que eu posso fazer se eles me pedem em amizade?

– Ai, que horror! Eu não tenho amiguinhos e ninguém "pede em amizade"; que frase bizarra é essa?! – estrilou a filha.

– Todos os seus amiguinhos querem ser meus amigos. Eu sou a tia simpatia da turma, filha. Você quer o quê? Que eu recuse?

– Claro. Fica amiga só dos seus amigos.

– Ah, mas aí não tem graça. O bom é bisbilhotar o que vocês andam dizendo na internet – argumentou outra mãe.

– Mas a gente não é criança para ser vigiada! – chiou a mais novinha do grupo.

– Voxê vai xer xempre a minha quianxa... – implicou a mãe, muito bem implicado.

– Ai, mãe, fala sério! – reclamou a quianxa.

– Pior é a minha mãe, que no Facebook e no Twitter é @DivaSuzana.

– Mas eu sou uma diva. Diva da paciência, porque aturar filha adolescente não é mole, não.

E assim, entre farpas e risos, deu-se a foto, a entrevista e a certeza de que ser mãe é mesmo padecer no paraíso.

*(12 de janeiro de 2012)*

## Música no supermercado

Outro dia fui ao supermercado e, na seção dos legumes, tinha um senhor de cabecinha branca tocando piano. Ao lado do pianista, outra cabecinha branca acompanhava a música com um chocalho e um sorriso. Na plateia, uma única pessoa: um homem de óculos, muitas rugas e o semblante mais feliz que já vi, estalando os dedos e cantarolando a plenos pulmões os sucessos bossanovistas que saíam do teclado.

Certamente os três eram amigos. Os músicos até devem ter chamado outras pessoas, mas uma chuva fina é sempre capaz de afastar os cariocas da rua, principalmente os cariocas da Feliz Idade (como eu prefiro chamar o pessoal com mais de 70).

– Depois de velha fiquei friorenta, Ivani. Pode um negócio desses? Agora ando de cachecol de lã no Rio e acho a coisa mais normal do mundo. Velhice é uma porcaria, mesmo – comentou uma senhora que estava na fila do caixa, acompanhando com os pés o ritmo da música.

– Envelhecer é ruim, mas já que não tem outro jeito, vamos envelhecer felizes, porque velho rabugento é muito chato! – disse a amiga, que tamborilava no saco de arroz, acompanhando o samba do João Donato que saía do piano. –

Mesmo com os estragos que a velhice faz com o corpo e com a cara da gente, enquanto minha cabeça estiver boa quero viver com a mesma intensidade de quando eu era jovem.

Foi quando me pus a olhar em volta. O que eu estava vendo no supermercado era exatamente o que a senhora da fila acabara de comentar: jovens (você leu certo, jovens!) de cabelos brancos, vestidos com a maior elegância, vivendo a vida intensamente, com o único objetivo de ser feliz, dando zero importância para a plateia vazia e para a idade que consta em suas carteiras de identidade.

Não pude deixar de pensar nos meus amigos, na ideia de tê-los sempre por perto, ou melhor, para sempre por perto. Um sorriso nasceu no meu rosto. É muito bom ver alegria legítima sob a luz fria de um supermercado. Melhor ainda é perceber que nós que escolhemos os nossos caminhos e optamos, ou não, pela felicidade. Como dizia meu sogro, "cada um é responsável pela aventura singular de sua vida". E estava certo, certíssimo.

Lembrei do meu avô José, que eu chamava de Nininho. Era um feliz de carteirinha. Quando foi para o andar de cima, eu ainda tinha tantas coisas para dizer para ele, para ouvir dele, para aprender com ele... O meu velhinho gostava tanto de mim. Tanto, tanto... Um amor tão grande, tão puro...

Quando pequena, era ele quem comprava figurinhas para eu completar meus álbuns, ele que me enchia de gibis, que me levava para passear pelo centro do Rio para me ensinar História brincando, que me pegava pelo braço e ia comigo para Paquetá só para andar de bicicleta naquela ilha gostosa, era ele que contava histórias para eu dormir, ele que abria seu melhor sorriso toda vez que me via (e olha que ele me via à beça, várias vezes por dia). E, importantíssimo, foi ele quem me ensinou a ler. E tinha muito orgulho disso.

Às vezes, na correria do dia a dia, esquecemos os nossos avós, essas pessoas tão especiais. Como o ritmo deles é outro, podemos perder a paciência, deixar de visitar ou de telefonar. Mas eles têm tanto para nos ensinar, para aprender com a gente, para conversar. E ainda batem palmas para tudo o que a gente faz. Morro de saudade daquele cara que me amou mais do que tudo. Como eu queria poder dizer "eu te amo" para ele hoje. Agora. Acho que nunca disse (não com palavras, mas com gestos e atitudes certamente). Por isso, se você que está lendo este texto tem a sorte de ter avós vivos, pegue os velhinhos de jeito, encha a boca e diga: EU TE AMO!!! Assim mesmo, em caixa-alta. E sem economizar nas exclamações. O coração deles vai agradecer. E o seu vai explodir de felicidade.

*(29 de maio de 2012)*

## Saudades da minha avó Ruth

– Não acredito, pai! Você pintou o cabelo!

– Não pintei.

– Ou pintou ou rejuvenesceu 38 anos – debochei.

– Não pintei, Thalita. Quem pintou o meu cabelo foi a sua avó.

Vovó Ruth, vaidosa como ela só, nunca suportou a ideia de ter um filho grisalho.

– Ninguém diz que tenho a idade que tenho, minha filha! O seu pai não pode ter cabelo branco e acabar com a minha imagem – disse ela, justificando a cor de camelo com diarreia que cobria a cabeça do meu pobre pai.

Nessa época ela devia ter uns 80 anos.

Desde então, apesar de não enxergar muito bem, vovó pintava (e manchava) o escasso cabelo do filho. É nela que dona Dalva, avó da personagem Malu, é inspirada. A seguir, um trecho de *Fala sério, mãe!* em que reproduzo um típico almoço na casa dela, com mesa lotada de comidas de todos os tipos.

– Você precisa experimentar a geleia de cajá, Maria de Lourdes.

– Mas eu não gosto de cajá!

– Não gosta de cajá? Que não gosta o quê? Cajá é ótimo. Você não está confundindo cajá com jaca? Jaca é muito doce, já cajá é uma delícia, tem um azedinho que... nossa! Bom demais. Seu pai adora. Vou pegar para você levar.

– Geleia de jacajá? – Fred espantou-se.

– Não! Geleia de jaca! Ou seria de cajá? – confundi-me.

Minha avó voltou com um pote transbordando de geleia. De cajá. Na tampa, um bilhete colado dizia: "Para comer com sorvete."

– Mas, vó, assim eu vou engordar.

Ela me ignorou completamente.

– E planta, Angela? Você não quer levar essa samambaia? Está tão bonita, pode botar na sala, ou na varanda, vai ficar lindo. A casa de vocês é tão sem gracinha sem planta. Planta dá vida. Querem que eu faça mais farofa?

– Pelo amor de Deus, dona Dalva, não faça isso.

– Mas um pé de moleque, um sorvetinho e uma laranja vocês vão querer, não é?

Faz um mês que vovó Ruth voltou para o céu, onde foi cozinhar para os anjos, seus velhos amigos. Eles já devem ter engordado com o melhor feijão do mundo, acompanhado de arroz soltinho, bife e batata frita deliciosamente crocante. De sobremesa, o bolo de banana mais incrível que já passou pelas minhas papilas gustativas. Anjos sortudos! E aposto que ela está fazendo com os mais novos de lá o que fazia comigo quando eu era pirralhinha: descer de bunda as escadas. O que não fazem as avós?

Foram 94 anos muito bem vividos, 94 anos de sorrisos, de amor, de querer o bem, de fazer o bem. E de oferecer samambaia para as visitas no meio de um diálogo sobre política, de não aceitar "não" como resposta quando oferecia algo comestível, de dizer que eu precisava engordar uns "cinco quilinhos" sempre que me via e de me fazer imensamente feliz quando dizia: "Você escreve melhor a cada livro, minha filha. Mesmo com essa letra pequenininha, vovó não consegue parar de ler. De onde você tira tantas ideias?"

Descansa em paz, vó. Você merece um descanso de rainha aí em cima.

*(24 de outubro de 2011)*

# Eu te amo

# O mistério do andar de cima

Era a minha primeira noite em Ipanema, no apartamento que aluguei para passar o período em que o meu ficaria em obras. Trabalhei até tarde e fui dormir às 3:45. Às 6:45, fui acordada por um barulho forte, contínuo, absurdamente irritante: "Nheconheco, nheconheco, nheconheco." E o nheconheco foi aumentando de intensidade e de volume, aumentando de intensidade e de volume, aumentando de intensidade e de volume e... Pá! De repente o nheconheco parou e a paz se fez.

Lembro-me de ter pensado: "Ô, casal empolgado. Deve ter chegado de uma festa e mandou ver. É isso aí! O amor é lindo!" Demorei quase uma hora para dormir de novo, o meu sono não é fácil. Mas tudo bem.

Na noite seguinte, fui para a cama às 4h e às 6:45 em ponto... "Nheconheco, nheconheco, nheconheco." Era o barulho da mola da cama do vizinho de novo. Não achei o amor tão lindo assim. "Sério? Isso são horas?!", rosnei. Levantei, tomei um copo-d'água e demorei uma hora e meia para pegar no sono.

Isto se repetiu por cinco dias. Uma semana. Duas. Sempre às 6:45, o mesmo barulho, o mesmo nheconheco.

– Não aguento mais – gritei, desesperada. – Vou lá – decidi, descontrolada e exausta, depois dos 12 minutos de nheconheco (sim, eu estava cronometrando havia alguns dias). As minhas olheiras estavam enormes, eu tinha envelhecido uns 90 anos.

– Não! Para quê? O que você vai dizer? – contemporizou meu marido.

– Que eles precisam trocar de cama!

– Vai criar briga com um vizinho que nem é nosso?

– Você tem razão – ponderei. – Então vou comprar um colchão novo e mandar entregar!

– Amor, que grosseria! E que ideia maluca comprar colchão para um desconhecido!

– Que casal é esse que faz todo dia às 6:45, Carlos? Não existe isso! Não é possível.

– Deixa eles... Vai ver acabaram de casar. Eu acho lindo.

– Lindo uma ova! Lindo porque você dorme que nem pedra e não acorda com o fucfuc!

Outra semana se passou. E todo dia eles faziam tudo sempre igual.

– André! – Liguei enfurecida para o proprietário do apartamento.

André era meu amigo, ou futuro ex-amigo, pelo andar da carruagem.

– Fala, Thalitinha! E aí? Gostando de Ipanema?

– Odiando! O que é que acontece toda manhã em cima da minha cabeça?

– Menor ideia! – respondeu, gargalhando. – É o grande mistério da humanidade.

– Quem mora em cima do seu apartamento?

– Não sei.

– Como não? Você não sabe se eles são recém-casados? Quem é essa gente insuportavelmente animada!?

– Sei lá! Vai que é só uma pessoa se exercitando numa caminha elástica...

É, podia ser alguém se exercitando na caminha. Seria quase bonitinho se não atrapalhasse o meu soninho.

O nheconheco continuou. Todo dia, 12 minutos cronometrados.

Especulações surgiram entre os amigos, o pessoal da turma do espanhol, as funcionárias da padaria ao lado, o jornaleiro, a minha avó e a terapeuta. Sim, levei o assunto para a terapia.

– Deve ser um garoto de programa que a cada dia leva uma pessoa para lá no fim de expediente. Não pode ser um casal, nenhum casal faz todos os dias, nessa empolgação! – disse uma amiga.

– É uma ninfomaníaca que dorme cada dia com um e, antes de ir para o trabalho, dá um couro no cara. Nenhum casal faz todos os dias nessa empolgação! – disse outra.

– É qualquer coisa, menos um casal. Nenhum casal faz todos os dias nessa empolgação – resumiu um amigo. – Ainda mais às 6:45, pô!

O barulho permaneceu e, acredite, piorou: depois da cópula matinal, ou do exercício, o casal, ou a pessoa, resolveu mexer os móveis de um lado para o outro, dando uma repaginada na decoração. Todos os dias.

Àquela altura eu estava um zumbi e resolvi encarar o problema de frente. Subi um andar e toquei a campainha. Para a minha surpresa, atendeu uma velhinha bem velhinha, toda enrugadinha, de cabeleira branca e cheiro de naftalina, sorrindo alegremente.

– O-o-oi, eu sou a vizinha do andar de baixo, t-tudo bem? – disse, sentindo meu corpo inteiro encolher. – Queria falar com a pessoa que mora com a senhora. É importante. Ela está me incomodando, mas provavelmente não faz idei…

– Eu moro sozinha.

Ãh?

– Sozinha?

– É, sozinha. Os meus filhos moram em Minas, mas eu adoro o Rio. Você é nova no prédio? É do Rio? Quer um café? Gosta de Seinfeld? Eu tenho todos os DVDs de Seinfeld.

Engoli o embaraço e expliquei o que ocorria toda manhã. Ela me olhou com cara de ET empalhado, disse que era viúva, não tinha ideia de onde vinha o barulho e ainda contou que seu único exercício era jogar biriba com as amigas. À tarde.

Pedi para ver o apê (que vergonha!). Nem sinal de caminha elástica. E a cama em que ela dormia era de colchão duro, sem molas! Perguntei se ela costumava mudar os móveis de lugar e a resposta foi direta:

– Você acha que eu tenho força para isso, minha filha?

O grande mistério da humanidade continuava. Deus meu! De onde vinha o barulho?

– Talvez do andar de baixo do seu, sei lá... Eco... – cogitou a senhorinha, bonitinha de doer. – Às vezes isso acontece. Mesmo você tendo a impressão de que vem de cima da sua cabeça, o barulho pode vir de baixo ou do lado, sabia? Vi isso outro dia na televisão.

Saí de lá perplexa. Sabendo que passaria mais alguns meses naquele apartamento, precisava arrumar um jeito de me defender do barulho para continuar a trabalhar, a sorrir, a viver!

O que me salvou foi a dica de um amigo, o "ruído branco" (*white noise*, em inglês). É simplesmente um ruído que, por ser uma combinação simultânea de sons de todas as frequências, é usado para mascarar outros sons. O chuvisco das televisões de antigamente, uma chuva forte e um ventilador em alta velocidade são exemplos de ruído branco.

E o negócio funciona de uma forma inacreditável. Simplesmente abafa qualquer som que venha de fora do seu quarto e atrapalhe seu sono. É impressionante.

Descobri que existem programas que geram o ruído branco que você preferir, com versões para tablets, computadores e até celulares. Como é maravilhosa a tecnologia.

Portanto, para obras no andar de cima, *raves* na sua rua ou qualquer tipo de vizinho barulhento, já sabe: ruído branco* neles! E bons sonhos!

*(15 de agosto de 2011)*

* http://pt.wikipedia.org/wiki/Ruído_branco | http://www.simplynoise. com | http://freewhitenoise.com.

# Amiga de banheiro

A verdade é dura: toda mulher já conheceu um homem que, depois de uma noite maravilhosa, pediu o telefone e não ligou no dia seguinte. Uns ligam três dias depois; outros nunca ligam, simplesmente evaporam e fazem você se sentir a pior criatura do planeta. Tenho um amigo que defende que sumir é a melhor maneira de terminar um relacionamento que está no começo. Critiquei, dizendo que ele era um covarde. E ele reagiu, com a maior naturalidade: "Não sou covarde. Sou homem. E homens são assim."

Isso posto, conto a história a seguir, que aconteceu em um bar movimentado da sempre movimentada Copacabana. Depois de encher a pança de petiscos deliciosamente engordativos com amigos queridos, resolvi ir ao banheiro antes de pegar o táxi de volta para a Barra. Lá, não pude deixar de ouvir a conversa de duas mulheres, uma que estava do lado de fora, já lavando as mãos, e outra que, como eu, estava de porta fechada, digamos, concentrada.

– Agora é oficial, Nádia. O Eduardo me deu um pé na bunda mesmo! – disse minha vizinha de cabine.

– Homem não presta, mesmo. Ô raça! – resmungou a amiga. – Que justificativa ele deu?

– O palhaço me chamou para conversar e veio com aquele papo de que o problema não é comigo, é com ele. E pior! Teve a cara de pau de dizer que está num momento muito dele...

– Momento muito dele uma ova! Não suporto esse texto! Os homens não têm a menor criatividade na hora de chutar a gente! – disse Nádia. – Ele ficou em cima um tempão. Agora que você resolveu dar mole, o cara desiste? Não entendo!

– Pois é, nem eu. Ele parecia tão apaixonado...

– E eu não sei, Sofia?

– Até flores ele me deu...

– Pegou no canteiro da portaria do seu prédio!

– Mas deu!

– É... Deu...

– Sinal de afeto.

– Ou de sovinice. Mas tudo bem... O que vale é a intenção...

– Sei que não devia ligar, mas estou morrendo de vontade de falar com ele de novo. O que você acha?

– Não sei, não...

– Vai que ele sumiu porque morreu!

– Vaso ruim não quebra!

– Nádia! – estrilou Sofia. – Sério: ligo ou não ligo? Vai que aconteceu alguma coisa?

– Não aconteceu nada, ele só não está mais a fim de você. Não viu *Sex and the City*? Em bom português, ele está cagando para você, Sofia.

– Pô, Nádia, pegou pesado...

– Desculpa, mas alguém tem que dizer a verdade pra você.

– Estou com um aperto no coração. Fiquei com ele quase dois meses...

– Um mês e 17 dias.

– Foi intenso, foi bonito...

– Você reclamava que ele dormia no cinema. E que falava errado.

– Quem nunca dormiu no cinema? E quem não erra? A língua portuguesa é difícil.

– "Resistro profissional" e "menas coisas" não são erros pequenos, Sofia.

– Ele nunca falou isso.

– Falou sim!

– Falou sim...

– E ainda escrevia "concerteza", com n, tudo junto. Um horror!

– É. Com certeza com n foi péssimo. "Vamos ficar juntos pra sempre 'concerteza'", dizia o bilhete.

– Uma anta! Você merece coisa muito melhor!

– Ah, mas não pode acabar assim... Acho que devo seguir meu sexto sentido e ligar para tirar essa história a limpo. O que você acha?

Silêncio do outro lado. Ela insistiu:

– Conversar é sempre válido... Não é?

Mais silêncio.

– Nádia?

Como diria Nelson Rodrigues, um silêncio ensurdecedor tomou conta do banheiro.

Nádia não respondeu.

Vaca.

Eu, solidariedade em forma de pessoa, resolvi me meter:

– Nádia não está, mas eu estou, Sofia! E acho que Eduardo não presta! Não telefona para ele! Eduardo é um idiota que não te merece! E é burro! Ou seja, ele não te merece! – gritei, louca.

Só ouvi uma gargalhada. Gargalhada gigante, saborosa. Ri também e continuei:

– Desculpa, Sofia, mas precisei me meter. Eduardo é uma porcaria de homem, parte para outra, tenho certeza de que você vai encontrar coisa melhor!

Mais risadas do outro lado e o barulho da descarga.

– Que maravilha! Morei nos Estados Unidos cinco anos e isso nunca aconteceu! Imagina se eu receberia conselho de alguma gringa num banheiro de bar – comentou Sofia. – Sai daí, mulher, preciso ver seu rosto e te dar um abraço!

Saí e dei de cara com ela e com a tal da Nádia, que estava chorando de rir encostada na pia.

– Fala sério, Nádia! Não acredito que você estava aqui o tempo todo! Deixou a coitada da Sofia falando sozinha! – bronqueei, rindo, enquanto estendia os braços para dar na Sofia, minha nova melhor amiga de infância (e de banheiro), um abraço apertado.

– Ela é uma palhaça, não merece minha amizade, agora minha amiga é você. Qual o seu nome? – perguntou Sofia, toda simpática.

– Thalita.

– Você ouviu tudo, é?

– Absolutamente tudo. Desculpa, eu sou escritora, tenho esse pretexto para escutar conversas alheias – expliquei. – Promete que não vai ligar para o Eduardo?

– Prometo. Você acha que ele não presta mesmo?

– Claro. Deixa o cara sentir sua falta, ter saudade de você. Ele que tem que te ligar! Se não ligar... dane-se ele!

– Certíssima! – exclamou Nádia.

– Agora você fala, né, Nádia? – implicou Sofia.

– Valeu, gente, tenho que ir. Muito bom conhecer vocês.

– Espera, Thalita. Você está no Face? Posso te adicionar?

Viramos amigas de Face, trocamos e-mails, tiramos foto com nossos celulares e passamos a nos corresponder com frequência. Sofia não ligou para Eduardo. Eduardo, depois de duas semanas, ligou para Sofia. Sofia, bonita e no salto, dispensou Eduardo.

Eduardo não sei que fim levou, mas em pouco tempo Sofia engatou namoro com um cara alto, sarado, bonito, educado, gentil, cheiroso, bem-sucedido e gente boa. Apaixonada, chegou até a me chamar para ser madrinha do casamento ao final do segundo encontro. "O homem da minha vida", dizia ela. Na terceira semana, descobriu que ele era casado e o namoro, claro, desandou.

Meses depois, Sofia, arrasada por não ter muita sorte com homens, conheceu Daniel numa casa noturna vazia, em plena quarta-feira chuvosa. Estava à procura de diversão, mas achou um amor. Estão viajando pela Europa para comemorar o primeiro ano juntos. E, pelo Facebook, vejo que formam um casal muito fofo. Nunca mais nos vimos pessoalmente, mas a gente se fala de vez em quando pelo chat. Mundo moderno.

*(24 de abril de 2012)*

# O que é importante

– Ih, complicou! – disse Carlos, consternado.

– O quê?

– O São Paulo não quer liberar o Dagoberto para o Inter no início do ano.

– Ãh?

– O Inter pode ficar sem o Dagoberto no começo da temporada, amor!

– Quem é Dagoberto?

– Um jogador do São Paulo!

– Que importância tem para a humanidade o Inter não liberar o Adalberto para o São Paulo?

– É o contrário.

– Que seja. O que isso tem de importante? Essa informação muda a minha vida, por acaso?

– Garanto que essa informação tem uma importância muito maior do que o que você me contou ontem, sobre a separação da Verônica.

– Verena.

– Pois é. Que diferença faz na minha vida eu saber que a Verônica...

– Verena...

– Se separou e já está com outro?

– Porque o outro é melhor amigo do ex dela!

– E daí?

– E daí que eu achei que você fosse gostar de saber dessa fofoca, mas você nem se lembra da Verena! Que absurdo!

– Por que eu deveria me lembrar da Verena? Você trabalhou com ela em 2001!

– Mas a gente foi jantar uma vez com ela e o marido!

– Em 2001! – Ele bufou.

– Você não presta atenção a nada do que eu digo, né, Carlos?

– Não dá, amor! Você fala muito! Se eu prestar atenção a tudo o que você fala, não faço outra coisa da vida!

Quinze anos atrás, ele pelo menos fingia que escutava.

– Amor, o Fluminense não vai mais estrear na Libertadores contra o Boca, sabia? – puxou outro assunto futebolístico.

– Olha só...

– Nós somos Fluzão. Isso é importante, concorda?

– Só se você concordar que a Joana está muito sovacuda para usar aquele vestido de alcinha que ela usou na festa da Cristina na semana passada.

– Não sei o que significa sovacuda.

– Ai, Carlos, uma pessoa de sovaco gordo, ué!

– E você acha que eu saio por aí reparando no sovaco das pessoas? Mas mulher é um bicho esquisito mesmo, viu?

– É, vocês homens é que são supernormais.

O diálogo não evoluiu (o Carlos estava muito entretido lendo sobre esporte), mas a Verena seguiu feliz com o ex-melhor amigo do ex-marido dela, o sovaco da Joana continuou gorducho e, parem as máquinas!, o São Paulo liberou o Dagoberto para o Inter.

*(21 de dezembro de 2011)*

# Maridódromo

Não sou uma mulher consumista. Pelo contrário, sou até meio mão de vaca, principalmente com moda. Conheço mulheres que não podem ver uma vitrine que se coçam para comprar. Não sou assim, mas há dias em que tudo o que preciso para ser feliz é uma roupa, uma bolsa ou um brinco vagabundo que seja. O problema acontece quando essa vontade de comprar bate com o marido ao nosso lado. Logo o marido, esse ser sempre tão paciente quando está dentro de um shopping.

– Ah, não! Vou numa loja de eletrônicos. Quando acabar, me liga – disse meu bem-humorado Carlos.

– Ah, não, Calzinho. – Fiz beicinho. Sou ótima nisso. – Fica aqui comigo. Quero sua opinião... – continuei o dengo.

Chata. Bem chata.

– Você está linda.

– Mas não experimentei nada ainda.

– Você fica linda de qualquer jeito.

– Duas semanas sem sexo! – ameacei.

– Droga! Tem cadeira nessa loja? – perguntou, resignado.

Tinha. E ele sentou.

Entediado enquanto eu experimentava a sétima peça de roupa daquela tarde e desfilava pedindo sua opinião, Cal perguntou para a vendedora:

– Vocês não têm *Playboy*?

– O quê? – reagiu, constrangida, a vendedora.

– Que ótima ideia, amor! – vibrei. – Por que vocês não compram umas revistas masculinas e deixam perto da cadeira?

– Cadeira que poderia ser melhor do que essa, estofada, com braços, encosto... Isso aqui, para mim, se chama banco – resmungou meu dileto marido.

– *Playboy?* Sério? As mulheres não iam gostar – comentou a vendedora.

– Imagina! A gente ia amar! Os homens iam ficar ocupados – rebati. – Se vocês acharem que a *Playboy* pode dar problema, podem comprar revistas sobre motos, carros, barcos, skate... Ah, essas coisas de menino que os homens adoram.

Cal completou meu raciocínio:

– E se pudesse ter uma cervejinha, um jogo de dardos ou uma mesa de sinuca, seria um maridódromo perfeito.

– Maridódromo... Taí! Essa ideia é boa. Já vi em algum lugar – comentou a gerente.

– Pensa comigo: nenhum homem gosta de ficar esperando a mulher aparecer para fazer um elogio e depois vê-la sumir novamente dentro do provador por horas a fio – disse Carlos.

– Se os maridos tivessem um entretenimento enquanto esperam, até pagariam a conta. E pagariam felizes! – analisei, otimista. – Marido em pé só aguenta ver a mulher experimentar, no máximo, dois vestidos. Marido sentado suporta uns quatro *looks*. Imagina um marido confortavelmente instalado e, melhor ainda!, entretido? É coisa para mais de dez peças de roupa, com toda a paciência do mundo.

– E o nosso humor seria outro, estaríamos dispostos a ver, rever, opinar... Ia ser uma festa para ambos os sexos! – completou Carlos, exagerando, é claro.

– Amor, o maridódromo é ótimo! Vamos abrir um? A gente pode montar um espaço como aqueles destinados às crianças. Não fica um monte de crianças com as babás enquanto os pais fazem compras ou almoçam? No maridódromo ficariam os maridos e as revistas, além de totó, mesa de sinuca, pingue-pongue e televisores ligados em canais de esporte – viajei. – Se o maridódromo tivesse uma seção de ferramentas à venda, então... Seria o paraíso. As lojas femininas faturariam o dobro, o triplo!

– É por isso que eu te amo... – declarou Cal, matando a mulherada da loja de inveja.

– Mas, gente, o maridódromo teria que ser dentro da loja. Se não, como é que o marido vai opinar no *look* da esposa? – argumentou a gerente.

– Você tem razão... E a opinião deles é importante, mesmo que seja mentirosa – palpitei.

– O que vocês estão chamando de maridódromo já foi inventado há muito tempo e se chama bar. Alguns têm tudo isso: jogos, tevês e bebidas.

– Olha, a ideia é ótima. Só que não dá pra executar. Ou é bar, ou é loja. Os dois juntos seria uma combinação impossível. Não caberia tanta roupa num lugar com tanto entretenimento masculino.

– Droga! Você está certa... – concordei com a gerente.

O papo terminou por aí, mas continuo firme, apostando na ideia de oferecer conforto para os maridos nas lojas femininas. Se não dá para ter um maridódromo completo, pelo menos uma poltrona bem bacana. Isso já nos ajudaria muito.

Lojistas, vocês prometem pensar no assunto?

*(5 de março de 2012)*

# Roupa nova

– Acho que você é meio doida, meu amor – disse meu marido.

– Por quê?

– Esses desfiles que você faz são coisa de maluco. Você nem vai sair!

Não sou estilista nas horas vagas, não sei sequer pregar um botão. Não, não brinco de modelete de vez em quando. Os desfiles fazem parte de um ritual que se repete desde meus tempos de pequena a cada vez que compro uma roupa (ou um sapato, ou um brinco, ou uma bolsa). Sim, eu gosto de desfilar pela casa com a peça nova e vários acessórios diferentes a cada "entrada" na, vá lá, passarela. Quando novinha, fazia o desfile para a família, que achava tudo uma graça. Agora é para o marido, mesmo.

– Ué, suas ex não faziam desfile de roupa nova?

– Nunca! – respondeu meu marido, demonstrando com a fisionomia e a entonação que realmente acredita que eu tenho um parafuso a menos.

Expliquei que preciso experimentar a roupa nova para ver as possíveis combinações com o que já tenho, olhar no espelho e – aí começa o problema – pedir sua opinião a cada *look*. O Carlos já entendeu o que uma mulher sempre quer ouvir, não importa a roupa:

– Está linda. E magra! – diz sempre, após uma rápida (muito rápida mesmo) olhada.

OK, palmas para ele, mas, vamos e venhamos, não é só isso que eu quero ouvir. É isso e mais um pouco. Irrita essa coisa de homens serem displicentes com o que é tão importante para nós, mulheres. Tudo bem, às vezes resolvo fazer o desfile (que o meu marido chama de "experimentação") durante um jogo de futebol (pecado mortal) ou bem na hora de uma mesa-redonda (pecado mortal número dois).

Fiquei encasquetada e, num chope com casais amigos, resolvi apurar. E descobri que não, não sou a única louca que faz desfile para o marido sempre que compra uma coisa nova.

– Tenho três homens em casa, um marido e dois filhos, e nenhum serve para nada! Não conseguem dar uma opinião relevante, só dizem que eu estou ótima – resmungou Val.

– Eu digo que a minha mulher está sempre linda, claro. Só reclamo quando o decote está muito avantajado e pergunto aonde ela acha que vai levando aqueles peitos todos – brincou Waltinho.

– Outro dia experimentei um macacão verde e azul-marinho para o meu marido e ele opinou – disse Bella, chocando todas as presentes. – Teve a ousadia de dizer que verde não combina com azul-marinho. Só que verde supercombina com azul-marinho, não era essa a questão. Eu só queria saber se eu estava linda. E magra!

Portanto, mulheres, conformem-se, é assim mesmo. E, se alguém que está lendo esta crônica tem um marido ou namorado capaz de dar opiniões sinceras quando o assunto é a roupa nova que você acabou de comprar, parabéns!

E que inveja!

*(13 de dezembro de 2011)*

# Há algo de podre

Numa dessas esquinas da vida, um grande amigo, carioca da gema e da clara, conheceu uma dinamarquesa, apaixonou-se e foi para Copenhagen ser feliz para sempre. Na semana passada, ele estava aqui no Rio e eu quis saber como é a vida na Dinamarca.

Contou num fôlego só:

– Tudo funciona. Tudo. Os transportes públicos são eficientes e limpos, o metrô chega a ser cheiroso, os remédios são praticamente de graça, o salário de um professor primário que trabalha meio expediente equivale a 10 mil reais, as pessoas são educadíssimas e não têm tantas preocupações, já que o país é formado por uma imensa classe média, com poucas diferenças sociais, todo mundo tem direito a tudo. Ninguém tem medo de ficar pobre na velhice, sabe? Não existe esse tipo de angústia, o governo cuida do cidadão. O meio de transporte mais usado é a bicicleta, não tem violência e, quando vão à praia, as dinamarquesas ficam peladas.

– Como é que é?

– Imagina um monte de loiras altas e lindas... peladas! Quando eu menos espero, pá!, tem uma bunda branca na minha frente. Loucura.

– Ô vida dura... – debochei. – E os dinamarqueses loiros e lindos? Também ficam pelados na praia?

– Completamente. Tudo balançando. Desnecessário! – brincou. – É um povo muito liberal. Não tinha ideia, mas eles são muito dados.

– E eu achando que num país nórdico, frio, as pessoas eram mais fechadas, mais caretas.

– Não, caretas somos nós, que olhamos para tudo e todos disfarçadamente e temos um preconceito velado que me angustia. Lá não tem isso. Se você sair vestida de Carmen Miranda, ninguém vai ficar olhando, apontando, julgando.

– Uau! Esses dois anos fizeram de você um expert em Dinamarca. Que bom que você está feliz e adaptado.

– Feliz eu estou. Mas adaptado... Praia só dois meses por ano. Nos outros dez faz um frio de doer os ossos. Às quatro da tarde já está um breu e o meu dia a dia, enquanto não arrumo emprego, é cuidar da casa e aprender a língua. Bate uma deprê de vez em quando...

– Ouvindo você falar, parecia tudo tão perfeito...

– É perfeito, mas sinto falta de... como é que eu vou dizer... lá não tem...

– Esculhambação. A nossa boa e velha esculhambação. Nossa venerada esculhambação.

– Isso. Sinto a maior saudade de esculhambação.

A conversa aconteceu num almoço no Baixo Gávea, onde comemos filé à Oswaldo Aranha. Depois perguntei aonde ele queria ir. Fomos tomar cerveja na mureta do Bar Urca e babar com aquela vista impressionante. Terminamos o dia com um suco no Leblon, onde andamos na orla até o sol se pôr. O meu amigo estava precisando de uma boa dose de Rio na veia antes de voltar para o seu gelado cotidiano.

No dia seguinte, ele me ligou do aeroporto para se despedir. Perguntou onde eu estava.

– Na fila do caixa eletrônico. Está tudo em greve, então meio Rio de Janeiro está resolvendo a vida nos caixas eletrônicos.

– Ah, não sei mais o que é isso, na Dinamarca não tem dessas coisas.

– Você é que é sortudo.

Desliguei, paguei as contas e, ainda pensando na Dinamarca, cheguei em casa, botei um biquíni e fui dar um mergulho na praia.

O mar estava cristalino. Perfeito.

*(13 de outubro de 2011)*

# Lisboa, querida Lisboa

# Um Erasmo para chamar de seu

Portugal é a minha segunda casa. Aqui tenho amigos de verdade, garçons que conheço pelo nome e até uma manicure para chamar de minha. Mas Grazi estava de folga e minhas unhas clamavam por um alicate e uma lixa. Mesmo odiando trair profissionais de beleza, precisei trair a fofa. Perguntei se tinha outra brasileira no salão. Tinha. Juliana era o nome dela.

– Thalita?

– Sim, sou eu.

– Daqui a um bocadinho eu pego a senhora, está bem? Já estou a terminar aqui.

Logo concluí que Juliana tinha faltado, porque aquela ali era portuguesa com certeza. OK, vamos ver como são as manicures daqui na arte de cutucar espigões (porque manicure boa é manicure que cutuca. E as brasileiras são craques nisso), pensei, conformada, enquanto esperava a minha vez.

Pouco depois fui chamada.

– Tu te importas de colocar a mão na água fria? O esquentador d'água hoje não está a esquentar... – disse ela, sotaque carregado. – Vive cá há muito tempo?

– Não vivo cá… Vivo no Brasil, mas venho pelo menos duas vezes por ano, para trabalhar e passear também. E você?

– Vivo cá há muito tempo.

– De que região de Portugal você é?

– Não sou de Portugal. Sou de Petrolina.

Pausa! Petrolina, Pernambuco! E ela não disse Pé-trolina. Disse Ptrolina, com p mudo, como se tivesse dito pterodátilo. Comeu a vogal da primeira sílaba, tal qual os portugueses. Era uma portuguesa perfeita!

– Menina, eu podia jurar que você é daqui! Você é a Juliana, então.

– Sim, sou Juliana. Estou cá há 16 anos. E nesse tempo só fui ao Brasil uma vez.

– Olha só! E você mora aqui perto?

– Não, mas estou a buscar um sítio nessa região. Gosto muito do Chiado. O problema é que preciso encontrar alguém para dividir o *aluguer*. Sozinha não é possível.

– Ah, tenho certeza de que você vai conseguir.

– Tu conheces algum Erasmo?

– Oi?

Repetiu bem devagar:

– C-o-n-h-e-c-e-s a-l-g-u-m E-r-a-s-m-o?

– Só o Carlos.

– Mas o Carlos é Erasmo?

– É. Erasmo Carlos!

– Ai, que maravilha! E é boa gente?

– Todo mundo ama.

– Todo mundo ama? Não percebo... Faz o tipo popular, é isso?

– Superpopular. Todo mundo conhece o Erasmo.

– Hum... Então não sei... Não quero minha casa cheia de gente todo o tempo...

Casa cheia de gente? Foi a minha vez de não perceber... Ou, como se diz no Brasil, de não entender...

– Diga-me lá, ele é Erasmo de que faculdade?

– Erasmo da música!

– Faculdade de música?

– Não! Em matéria de música ele é pós-graduado há anos! É ídolo!

– Não estou a perceber...

– O Erasmo Carlos... Uma brasa, mora? – brinquei. – Impossível você não conhecer o Erasmo! Jovem Guarda, Wanderléa, Roberto!

– Claro que conheço! Adoro as músicas dele!

– Então! Você perguntou se eu conhecia um Erasmo e eu só conheço esse.

Ela explodiu numa gargalhada.

– Não! – exclamou, rindo com o corpo todo. – Não digas disparates, menina Thalita! Estou a falar dos erasmos, estudantes estrangeiros que vêm fazer em Portugal o último período da faculdade!

– Ah, jura que isso se chama erasmo? É tipo o contrário de calouro?

– Justamente. Calouro é uma coisa, erasmo é outra.

– Puxa vida... Então não conheço nenhum erasmo. Como é que se acha um erasmo por aqui?

– As pessoas anunciam no jornal, na net. Uma hora eu encontro. Mas quero um erasmo mais velho. Não tenho paciência para os erasmos de 21, 22 anos, são imaturos, agem como uns miúdos.

Concordei com ela que dividir apartamento com alguém de 20 e poucos anos não deve ser tarefa fácil.

Mudamos de assunto e voltamos a falar do quanto adoramos Lisboa, sua gente, seus restaurantes, suas paisagens, sua música, sua luz.

Saí do salão embevecida com o céu cinematográfico do entardecer lisboeta, pensando em como eu amo a língua portuguesa e em como me divirto aprendendo, de bocadinho em bocadinho, o português falado aqui.

É muito fixe!

*(13 de março de 2012)*

---

O Protocolo Erasmus, Acção Erasmus ou ainda Programa Erasmus foi estabelecido em 1987 e é um programa de apoio interuniversitário de mobilidade de estudantes e docentes do ensino superior entre Estados membros da União Europeia e Estados associados. Em Portugal, quem faz parte do Erasmus é chamado de erasmo.

# Conheces o Tony Ramos?

Em 12 anos de carreira, participei de inúmeras feiras literárias. Como quase nunca usava a cadeira reservada a mim (preferia ir à caça de leitores), vi muitas pessoas sentarem-se nela sem a menor cerimônia, atrás da mesa adornada com uma placa com o meu nome. Quando eu me aproximava, elas puxavam papo para deixar a situação menos desconfortável. No Brasil, já não passo por isso há alguns anos, mas na Feira do Livro de Lisboa, coisas assim acontecem de vez em quando.

No último domingo, quase no fim da feira, quando já não se via mais adolescentes circulando, um homem de cerca de 50 anos e olhos profundamente azuis se aproximou do estande da editora, sentou-se ao meu lado e começou logo a falar:

– A senhora é autora, pois não?

– Sou.

– Brasileira?

– Isso.

– De que parte do Brasil?

– Do Rio.

– A minha bisavó era de Curitiba. Curitiba é do Brasil.

– Fica na Região Sul do país.

– Mas ela conheceu meu avô, que era português, aqui em Braga. Conheces Braga? – disse, ignorando solenemente minha explicação geográfica.

– Não, infelizmente.

– A rainha Maria I foi ao Brasil, sabias?

– S-Sabia.

– Não era do Brasil, era portuguesa, mas foi ao Brasil. E gostou, gostou imenso de lá, creio eu.

– Arrã...

– A senhora gosta de porra?

– Oi!?

– Porra. É da família dos churros, mas é um rolinho frito pequenino e sem recheio.

Ufa!

– Não conheço.

– Devias conhecer, é ótimo. E percebes?

– Não percebo... – respondi, sem perceber, quero dizer, entender.

– Não percebes o quê?

– Sei lá, foi o senhor que perguntou se eu percebia.

– Perguntei se já comeste percebes. É uma espécie de marisco. O aspecto é feio, mas é muito saboroso. E só existe cá em Portugal.

– Ah, não, não conheço, não sou muito chegada a mariscos.

– E jambo? Jambo é bom. Mas é do Brasil, pois não?

– É bom… E é… é do Brasil.

– Gostas?

– Gosto muito.

– Pois. E o Tony Ramos? Conheces o Tony Ramos?

– Da televisão.

– Gostas?

– G-G-Gosto. Todo mundo gosta dele.

– Pois eu adoro o Tony Ramos. E ele é brasileiro como a senhora.

– Sim, é brasileiro como eu.

– Mas não escreve livros, faz novelas. A senhora podia estar nas novelas.

– Mas eu não sou atriz.

– Mas é gira. A senhora é muito gira, está de parabéns. Gira é bonita, a senhora sabe?

– Sei, sou praticamente portuguesa – brinquei. – Muito obrigada.

– Podes dar-me um autógrafo?

– Claro, com prazer!

– E este senhor? Ele é o que da senhora? É seu amigo, decerto. Só amigo, diga que ele é só amigo, só amigo.

– É meu marido.

– A sério?

– A muito sério. Estamos juntos há 15 anos.

– E gostas dele?

– Amo.

– A sério?

– A sério.

– Ah, pois. Parabéns pela sua esposa.

Carlos agradeceu.

– Posso tirar uma fotografia com ela? O senhor seu marido pode fazer a gentileza de tirar uma foto minha consigo?

– Claro que pode – respondi.

Tiramos a foto.

– Posso levar uns marcadores de livro, destes com a sua fotografia? Quero ter uma recordação da senhora.

– Pode levar quantos quiser.

Pegou uns 70. Achou pouco e pegou mais uns 10. Sobraram outros 10 na mesa. A sério.

– Então está bem. Boa sorte! E sucesso!

– Obrigada.

– Queres ficar com o meu e-mail, para quando voltares a Portugal jantarmos juntos? Eu, a senhora e o seu marido? O meu e-mail é tiago@... Ah, sim, nem me apresentei. O meu nome é Tiago Seixas, seu criado.

– Muito prazer, Tiago. Olha, é melhor você decorar o meu e-mail, que é bem fácil: thalita@thalita.com.br.

– Não posso acreditar! Estás mesmo a me dar seu endereço eletrônico? Muito obrigado, muito obrigado mesmo!

– De... de nada...

Tiago Seixas, todo pimpão, pegou suas várias sacolas, cheias de marcadores de diversas editoras, seguiu seu caminho e me deixou a pensar em como existem pessoas carentes no mundo. E em como não custa nada dar um pouco do nosso tempo para elas – por mais inusitadas que sejam suas prosas.

*(7 de maio de 2012)*

# Lisboa, querida Lisboa

O grande barato de viajar, para mim, não é apenas posar nos cartões-postais para mostrar as fotos para os amigos e dizer: "Ó, eu fui!" Viajar é muito mais que isso. É se meter sem rumo em qualquer rua que te chame a atenção, é entrar em lugares que não estão nos guias turísticos, é puxar assunto com os moradores, é conhecer novas culturas, novos hábitos, é se deixar levar pelo novo, mesmo que o novo esteja no Velho Continente, que transpira história por todos os cantos e monumentos, é sentar numa praça e ver a vida passar lentamente.

Ah, as praças! Como elas são importantes (e limpas e lindas e preservadas) na Europa. Em Portugal são pontos de encontro de velhinhos que, como no Brasil, perdem a hora jogando damas; de jovens, que levam livros para se jogar num banco, ou mesmo num gramado, para se embrenhar na mais bem acompanhada das solidões; de grupos de amigos que levam um vinho nacional para colocar o papo em dia num cenário de sonho.

Em se tratando de Portugal, poderia ficar horas descrevendo lugares (ou sítios, como se diz por aqui) de beleza ímpar, mas, mais do que lugares, eu gosto de gente. E é de gente que eu quero escrever nessa madrugada insone.

Desde a minha primeira vez em solo lisboeta que escuto dos portugueses: "Não sabemos aproveitar a vida" ou "Somos um povo triste". Discordo. Já entendi que, para eles, o mar (que no Brasil remete à alegria, festa, brincadeira, liberdade, paixão, verão) é sinônimo de tristeza, por conta da época das navegações, quando muitas mulheres perdiam seus homens para a imensidão azul. É realmente triste. Mas isso não faz de Portugal um país triste no século XXI. Portugal é legal! Ou, como se diria por aqui, Portugal é fixe, é giríssimo!

E com um povo peculiar, receptivo, simpático, que usa e abusa do diminutivo. Aqui não se diz até logo, mas até loguinho. Um bocado vira um bocadinho. Um momento, um momentinho, e por aí vai. E mesmo um beijo enorme vira um beijinho enorme. Sim, é bem fofinho.

Além disso, eles têm a famosa lógica própria. Lembro de certa vez que, impressionada com algo que uma amiga portuga me contara, exclamei: "Mentira!" Ao que ela respondeu, muitíssimo indignada: "Imagina! Por que eu haveria de mentir? Não tenho a menor necessidade de mentir, eu não minto, não minto nunca!" Expliquei a ela que estava longe de acusá-la de mentirosa, que era só uma expressão que não devia ser levada ao pé da letra, e rimos juntas da confusão.

Aliás, dizem que portugueses levam mesmo tudo ao pé da letra. Não é sempre verdade. Se levassem, o que fariam com a informação do cartaz colado na janela de um sobrado: "Qualquer assunto, por favor, contacte o número 188 nesta mesma rua." Ri, fotografei e fiquei imaginando situações que poderiam acontecer no número 188. Uma pessoa poderia muito bem bater lá e dizer: "Não aguento mais ver as baleias morrerem impunemente, temos que mudar isso", ou "O meu pai não aumenta minha mesada há dois anos e eu gostaria de protestar", ou ainda "Tenho 90 anos e escuto mal. Você pode me ajudar a encontrar um aparelho de surdez em conta?".

A frase mais intrigante que encontrei em Lisboa foi "Já estou melhor, obrigada", escrita em delicados azulejos num muro detonado e pichado na Baixa. Vi a frase na primeira vez que vim a Portugal e sempre me pergunto desde quando ela está lá. Provavelmente há muitos e muitos anos. Nem sei se a pessoa ainda está bem, se piorou de novo, se morreu... Mas a frase continua bonitinha estampando azulejos azuis e amarelos. Promessa? Agradecimento de uma senhora popular que recebeu inúmeras visitas de pessoas preocupadas com sua saúde e que não aguentava mais providenciar pastéis de Belém para todos? Ou só a brincadeira de um gaiato com as sobras de uma reforma? Taí o maior mistério de Lisboa.

Antes de terminar, preciso comentar que ainda não me habituei com a mania que os portugueses têm ao desligar o telefone. Para eles, parece ser a coisa mais difícil. Enquanto no Brasil terminamos uma ligação com o bom e velho "beijo, tchau", aqui é assim:

– Então tá. Beijo! – eu digo, já pronta para começar a fazer outra coisa. E ouço em resposta:

– Beijinho, beijinho, até loguinho, passar bem, beijinhos, beijinhos, até logo, tenha um bom dia, beijinho, tchauzinho, beijinho, com sua licença...

E isso é todo mundo. Da mulher da operadora de celular ao amigo mais íntimo. Sem querer, já desliguei na cara de vários, coitados.

Certa vez, um amigo de cá comentou que achava os brasileiros grossos ao telefone. "Uma gaja que trabalhou comigo sempre desligava enquanto eu ainda estava a falar." Expliquei que nós simplesmente não estávamos acostumados a nos despedir com tantas palavras antes de encerrar um telefonema. Ele riu e pareceu concordar, embora com uma cara desconfiada: "Acho que essa escritora está a gozar de mim."

O sono chegou. Olho mais uma vez para o belíssimo Castelo de São Jorge reinando ainda iluminado no amanhecer lisboeta e parto para uma conversa séria com meu travesseiro.

Beijinho, beijinho, até loguinho, passar bem, beijinhos, beijinhos, até logo, tenha um bom dia, beijinho, tchauzinho, beijinho...

*(5 de outubro de 2009)*

# Eu, uma escritora

# Parece que foi ontem

Em 2001, em pleno Riocentro, na Bienal do Livro do Rio de Janeiro, cansada de me sentir invisível, eu, uma escritora iniciante, engoli a vergonha e subi numa cadeira para chamar a atenção de quem passava. Dez anos depois, tendo chegado à marca de 1 milhão de livros vendidos, terei, enfim, meu primeiro evento oficial na Bienal do Rio. No mesmo Riocentro onde tudo começou, vou poder conversar com meus leitores num auditório com capacidade para 400 pessoas. Bacana, né?

As Bienais marcaram muito a minha carreira e, às vésperas da minha sexta participação na festa literária carioca, é impossível não relembrar o que vivi. Vou dividir algumas lembranças com vocês.

Na Bienal do Rio de 2001, com o *Traição entre amigas* publicado por uma editora pequena, vi que não precisava ficar apenas esperando os leitores surgirem na minha frente. Mudou minha vida.

Nessa mesma Bienal, perdi a voz e resolvi chamar a atenção de outra forma: com uma peruca vermelha – era muita vontade de viver de literatura, né não?

Foi então que me dei conta de que uma Bienal, para um autor, é como final de campeonato para um jogador de futebol. O momento marcante, a hora de fazer a diferença.

Na Bienal de 2004, em São Paulo, já com o primeiro livro publicado pela Rocco, bati ponto no estande da editora em todos os 11 dias do evento e fiquei, das 10h às 22h, abordando pessoas para tentar convencê-las a comprar meu livro. Resultado: fui a autora mais vendida do estande. O meu *Tudo por um Pop Star* ganhou até do Harry Potter!

Mas, no meio da Bienal, um contratempo: uma tendinite, de tanto autografar. O médico foi claro: "Anti-inflamatório e repouso. Nada de autógrafos." Jura? Faltavam ainda quatro dias para acabar a Bienal! E o verbo "desistir" não faz parte do meu dicionário. Tudo bem, eu não podia autografar, mas podia... carimbar. Essa história acabou no *Jornal Nacional*, dando a mim e ao livro uma enorme visibilidade, o que fez *Tudo por um Pop Star* vender como água no dia seguinte.

Na Bienal do Rio de 2005, pela primeira vez um livro meu chegou à lista dos mais vendidos. Eu me lembro até hoje da empolgação da minha editora chegando ao estande com o jornal aberto na página da lista. Foi emocionante.

Na Bienal do Rio de 2007, o espanto: grandes filas nos 11 dias em que estive no estande da Rocco. Foi a primeira vez que distribuí os broches da minha campanha "Ler é Bacana".

Na Bienal de 2009, também no Rio, as filas se tornaram gigantes. Para surpresa de todos, o assédio foi tão grande que tive até dificuldade de circular pelo Riocentro. Mas, confesso, adorei. Afinal, eu não sou atriz de tevê, nem tampouco cantora famosa. Ali, eu era uma escritora em êxtase, vendo e vivendo o resultado de anos de batalha.

Em 2011, além do encontro com leitores no dia 7, outros eventos e tardes de autógrafos estão programados. O meu coração já está agitado, os meus olhos se enchem de água a cada vez que lembro como tudo começou. Mal posso esperar para, mais uma vez, abraçar os adolescentes, seus pais e professores – leitores que transformaram meu sonho de criança em realidade.

Que venha a Bienal, a grande festa literária do Brasil! Espero vocês lá!

*(29 de agosto de 2011)*

## Tantas emoções...

Desde que comecei a escrever, há 11 anos, escuto das pessoas as mais diversas fofurices, tais como "Você tem a vida mansa", "O seu trabalho é fácil! Vai acordar todo dia às seis da manhã e aturar um chefe para ver o que é trabalho", "Escrever não é trabalho, é diversão", e a melhor de todas: "Qualquer um pode escrever. É só botar uma ideia no papel. Isso lá é trabalho?"

Sim, isso é trabalho. E dá trabalho. Escrever é meu sustento há algum tempo (embora eu tenha demorado cinco anos para começar a pagar as minhas contas com o dinheiro dos direitos autorais). Muita gente não imagina a quantidade de trabalho envolvida no ato de escrever um livro. Perguntam sempre: "Você tem branco?" Sim, tenho. "Você não tem dúvidas gramaticais e ortográficas?" Sim, claro. Por isso trabalho com um dicionário e uma gramática ao meu lado. "Você tem medo de nunca mais ter uma ideia boa?" Sim, todos os dias. "Você não acha chato fazer eventos quase todos os fins de semana?" Não, isso não, essa parte é bacana.

O grande barato de escrever, além do enorme prazer que sinto quando estou na frente do computador, é não saber como aquilo vai ser recebido pelos leitores. Nos livros da série "Fala Sério", por exemplo, o humor pontua a maioria das crônicas, mas muita gente acaba escolhendo como preferida uma história apoiada na emoção. Outros me dizem que passaram a entender melhor seus pais e professores, pais contam que a relação com os filhos melhorou, e eu sempre fico pasma com todos esses inesperados desdobramentos. A minha intenção, quando escrevi o primeiro livro (sem saber que ele originaria uma série), era somente aproximar os jovens do hábito da leitura através de histórias curtas. Queria divertir e fazer pensar através do humor. Nada mais.

Às vésperas de lançar mais um Fala Sério (*Fala sério, filha! – A vingança dos pais*), o sexto, acordei pensando em tudo que ouvi na última Bienal, já que o vídeo* ficou pronto nesta semana. Pela primeira vez chorei diante de uma plateia, e chorei também com histórias que escutei ao pé do ouvido. Uma das mais bonitas foi a que ouvi de uma mãe. Ela chegou muito emocionada ao estande da Rocco e disse, enquanto me abraçava:

– Eu tenho que te agradecer muito. A minha filha veio da Itália para o Brasil muito nova e rejeitava o português. Ela se recusava a falar, a ler, estava com uma imensa dificuldade de adaptação. Se hoje ela é bilíngue, eu devo a você e aos seus livros. Você alfabetizou a minha filha em português.

* Para os curiosos, aí vai o link que mostra o vídeo da Bienal de 2011, a mais especial da minha vida: http://migre.me/9rlNx.

Vocês imaginam o que eu senti (e estou sentindo de novo ao contar essa história)? Um calor no peito, uma surpresa gigante, um choro que veio com tudo e uma alegria imensa por ajudar, com meus livros, gente que nem conheço. Chorei abraçada a essa mãe tão agradecida e pedi que ela dissesse para a câmera o que tinha acabado de contar para mim.

Enquanto eu autografava para a menina, Giulia (já com a maquiagem devidamente retocada, porque lágrima borra tudo!), ela dava seu depoimento. Podem reparar no meu nariz vermelho na hora em que eu brinco falando "italianês" com elas.

*(13 de novembro de 2011)*

# O próximo

Dizem que brasileiro não pode ver uma fila que entra, mesmo sem saber o motivo. Pode ser fila para ganhar guardanapos usados por subcelebridades ou para provar pastel de goiabada com quiabo, não importa.

Quando completei a maioridade, fiquei em muitas para entrar em bares e boates e cheguei até a me divertir nelas. Mas o tempo passou e os tais 18 anos não estão mais no corpitcho dessa que vos escreve, assim como a paciência, que me abandona mais e mais a cada ano. Fila, prometi a mim mesma, só quando for inevitável.

Naquele longínquo tempo em que a humanidade não tinha internet, todo mundo precisava entrar em filas: no banco para pagar as contas, no supermercado para passar as compras, no cinema e no teatro para comprar os ingressos. Hoje podemos fazer tudo isso pelo computador, no conforto de casa. Resumindo, o paraíso é aqui.

Se tem fila na porta do restaurante, parto na hora para outro. Filas maltratam o meu bom humor. Mas algumas pessoas lidam com as filas de forma diferente: furam. Vira e mexe a gente lê no jornal que um famoso furou a fila de um restaurante ou do embarque no aeroporto pelo simples fato de ser... famoso. Ah, faça-me o favor! Eu não entendo. Para mim é tão incompreensível quanto uma pessoa que passeia com seu cachorro e não recolhe a caca que ele deixa pelo caminho. Mas existem outros casos de desrespeito ainda piores.

Minha cunhada outro dia foi renovar o passaporte e viu uma senhorinha, andando com dificuldade, chegar de muletas à Polícia Federal. Por conta do seu estado, foi prontamente atendida. Essa história seria absolutamente normal não fosse seu fim deplorável: assim que a senhorinha saiu da Polícia Federal, devolveu as muletas ao marido, que esperava do lado de fora, com um pé engessado. Ela foi embora com um sorriso vitorioso no rosto. E pensar que não era exatamente uma fila. As pessoas estavam todas esperando... sentadas.

Há alguns anos vejo as filas por outro ângulo. As filas de autógrafos. Para mim, claro, essas filas são especiais, tenho muito orgulho delas. Para quem está lá elas certamente são chatas, mas formar fila é a única maneira civilizada de dar a devida atenção a um grande número de leitores. E é tão bacana saber que, mesmo sendo cansativo e maçante passar horas de pé, tanta gente se dispõe a isso com um único objetivo: falar um pouco comigo, tirar uma foto, ganhar um beijo e um autógrafo. É gratificante. Emocionante.

Mas ver a fila do lado de cá também pode ser doloroso. Em 2009, na Bienal do Rio, uma senhora se aproximou dizendo que era cardíaca recém-operada e que estava muito cansada, não tinha onde sentar, e perguntou se eu não podia autografar o exemplar de sua neta. Pedi permissão aos primeiros da fila para atendê-la e todos foram gentis e compreensivos. Quando ela me virou as costas, quatro adolescentes risonhos se aproximaram e meu marido ouviu a "cardíaca" dizer:

– Aprenderam? Fila é pra otário. É assim que se faz.

Fiquei pasma. E com muita raiva.

No dia seguinte foi ainda pior: uma adolescente fingiu ser cega para não enfrentar a fila. Na hora que autografei seu livro, achei que por trás dos óculos escuros ela havia lido o que escrevi. "Imagina, ninguém seria capaz de fazer uma coisa dessas, é só impressão", pensei.

Algumas horas mais tarde, indo embora do Riocentro, vi a menina sentada num banco lendo o meu livro na maior concentração. Não resisti e me aproximei.

– E aí? Tá gostando?

Ela ficou paralisada, roxa, não conseguiu emitir uma só palavra. Fiquei com tanta vergonha alheia e com um incômodo tão forte no peito que não disse mais nada, achei melhor seguir meu caminho.

No dia seguinte veio a redenção: um funcionário do estande da Rocco perguntou a uma verdadeira deficiente visual se ela gostaria de sair da fila para ser atendida com prioridade.

– Não, obrigada. Eu não enxergo, mas tenho duas pernas, dois braços e muita saúde. Faço questão de ficar aqui como todo mundo e não passar a frente de ninguém. Além do mais, estou batendo papo com minhas novas amigas – respondeu ela, com um sorriso no rosto.

Pena que a falsa cega não estava lá para ouvir.

No último dia da Bienal, uma cadeirante de 14 anos também recusou a proposta de ser atendida antes de todos com uma frase que até hoje ecoa na minha memória:

– Imagina! Sou como todas as outras pessoas da fila! E ainda tenho a vantagem de estar sentada! – disse, gaiata, os olhos brilhando.

Filas podem revelar o verdadeiro caráter das pessoas e isso às vezes me assusta – outras vezes me encanta. Ed Motta cantou que o mundo é fabuloso, o ser humano é que não é legal. Eu, que adoro o Ed Motta, mas sou fã do ser humano, prefiro acreditar que ele estava falando de uma minoria.

*(22 de agosto de 2011)*

# Uma tarde em Veneza com Paulo Coelho

Viajar é uma das coisas que mais gosto de fazer na vida. Viajar com direito a uma megafesta em um castelo lindo em Bassano del Grappa, na Itália, recepcionada por ninguém menos que Paulo Coelho, é melhor ainda. Através do Wiled, um amigo em comum, tive a chance de ser convidada para a festa que o escritor promove há 25 anos em homenagem a São José. Foi uma noite animada, repleta de sorrisos, gente bacana e emoção. Fez chorar o momento em que orações a São José foram rezadas em várias línguas por convidados do mundo todo.

Depois de Bassano del Grappa, Veneza. Saindo de um restaurante onde comi o melhor Espaguete à Carbonara da minha vida, dei de cara com Paulo e sua mulher, a simpaticíssima artista plástica Cristina Oiticica, em plena praça São Marco. Gentil, o autor de *O Aleph* nos convidou para um passeio pela noite veneziana. Vida dura, muito dura... Flanamos e falamos da vida, de literatura, da Itália, de comida, de viagens... Uma delícia ouvir as muitas histórias do escritor numa das cidades mais lindas do mundo.

Na manhã seguinte, de novo esbarramos com eles – dessa vez no lobby do hotel – e fomos dar uma volta para ver Veneza sob a luz do dia. E foi então que conheci um outro lado do Paulo Coelho. Um Paulo Coelho que, apesar dos milhões de livros vendidos ao redor do globo, ainda tem alma de escritor iniciante.

Ao entrar em uma pequena livraria, bem escondidinha, ele apresentou-se assim, em italiano:

– Olá, eu sou o Paulo Coelho. Tudo bem?

A cara das duas mulheres, provavelmente as donas do lugar, foi impagável. Elas não sabiam se riam ou se choravam, se ligavam para os amigos para contar quem estava à sua frente ou se pegavam a câmera fotográfica. Estavam chocadas. Foi emocionante ver o impacto que causou nelas o gesto simples do escritor. Sem muitas palavras, elas ficaram boquiabertas com o que ele disse a seguir:

– Querem que eu autografe algum livro para vocês?

Trouxeram todos e ele autografou um a um.

Um dos autores mais vendidos de todos os tempos ainda age como sempre digo que um autor iniciante deve agir: visita livrarias e conversa com vendedores, gerentes e livreiros.

Saímos dali em direção à praça. Enquanto caminhávamos, ele foi abordado algumas vezes por fãs e era sempre muito atencioso, fossem eles brasileiros, americanos, italianos ou iranianos. Achei lindo.

Respeito a opinião de quem não gosta dos livros do Paulo Coelho, assim como respeito quem não gosta dos meus. Mas sua importância para a divulgação da literatura brasileira no mundo é inegável. Ninguém fez mais do que ele, os números não mentem. As portas que Paulo Coelho abriu para outros autores brasileiros continuam lá. Quem quiser que corra atrás.

*(22 de março de 2012)*

Este livro foi impresso na Editora JPA Ltda.,
Av. Brasil, 10.600 – Rio de Janeiro – RJ,
para a Editora Rocco Ltda.